女故里丛书·卷二

主编 王赵民 编

里记忆

西安出版社

图书在版编目（CIP）数据

故里记忆 / 和谷主编；王赵民编. -- 西安：西安
出版社，2018.6（2021.4重印）
（孟姜女故里丛书）
ISBN 978-7-5541-3142-8

Ⅰ. ①故… Ⅱ. ①和… ②王… Ⅲ. ①散文集－中国
－当代 Ⅳ. ①I267

中国版本图书馆CIP数据核字(2018)第127728号

孟姜女故里丛书·故里记忆
MENGJIANGNU GULI CONGSHU · GULI JIYI

主　　编：和　谷
编　　者：王赵民
策划统筹：史鹏钊
责任编辑：张增兰　乔文华
责任校对：张忝甜　陈　辉
装帧设计：纸尚图文设计
出版发行：西安出版社
地　　址：西安曲江新区雁南五路1868号影视演艺大厦11层
电　　话：（029）85253740
邮政编码：710061
印　　刷：永清县晔盛亚胶印有限公司
开　　本：880mm×1230mm　1/32
印　　张：7
字　　数：163千
版　　次：2018年6月第1版
印　　次：2021年4月第2次印刷
书　　号：ISBN 978-7-5541-3142-8
定　　价：42.00元

读者购书、书店添货或发现印装质量问题，请与本公司营销部联系、调换。
电话：（029）68206213　68206222（传真）

铜川市王益区人民政府　出品

| 目录 |

辑一

每年春季，红粉菲菲的桃花，沾带晨露，漫山遍野绽放。清新的空气，湛蓝的天空，满园的桃树，连绵的花海，构成一个天然氧吧。身处其中，可以尽享大自然的恩惠，领略桃乡风情，只觉心旷神怡。这是孟家原一年之中最美丽的时节。

——赵九菊

孟 家 原 赋

韩生荣

大哉孟家原，天地英华之所在，宜农宜居之宝地，游览观光之胜地！

斯地，坐落于黄堡东原，距镇政府3千米，喀斯特地貌，群峰起伏，沟壑幽深。历经人文变故，山山岭岭富于灵性。文物古迹遍布山野，神话传说世代相传。观先民遗址之堡子壕，睹大禹治水之牛蹄窝，辨秦直道经过之古迹，望孟姜女生活之地棒槌岭、香炉台、蜡烛嘴……

斯地，田园灵秀，四时皆有胜景，美奂绝伦，令人神往。

入春，鲜花遍野，春意盎然。72平方千米之台原，桃花红、梨花白、麦苗绿、菜花黄，蝶飞蜂舞，鸟语花香。一对对春燕在归来，一片片鲜花在盛开，一群群游人在欢笑。嗟哉，景色醉人之春天！

盛夏，麦浪翻滚，布谷催收。7个村民小组，660户农家，2600口村民，内外齐动员。农机轰鸣，人头攒动，一派繁忙之景。田间一株株麦子应声倒地，路上一座座麦子堆积成的山在流动，场里一道道麦粒梁在垒起。嗟乎，丰收喜人之夏收！

深秋，果园五彩缤纷，一望无际。鲜桃弯腰恭迎献寿，柿树脱帽挂满橘灯，石榴破屋咧嘴欢笑，鸭梨摩肩拥挤打闹。车挂辖，人驾肩；车轰鸣，人欢语；主客商，采摘忙。一箱箱水果排满地头，一辆辆货车驶入城内，一沓沓收成装入囊中。胜哉，果香迷人之秋季！

隆冬，银装素裹，分外妖娆。孟原地长 5 千米、宽 2 千米，恰似一条巨型苍龙，盘旋天地之间。冬天藏万金，顺风吹人勤。一户户修田保墒在忙碌，一家家剪枝整形在劳作，一场场致富报告在传播。养精蓄锐，来年腾飞，粮囤钱袋，比今年再增长。叹哉，待发催人之银冬！

斯地，甚者有三宝，天下称奇。

奇哉，鲜桃！生长之地似一桃核，独立三面环沟中。相传王母赞姜女之德行，赐予一枚仙桃，食之貌若少女，长生不老。姜女依恋养育之情，不忍独食之，置斯地供乡亲观赏。玉帝闻之受感动，急遣大禹开沟之封路，速命五龙盘踞之把守。久之，桃汁腐入黄土，桃核发芽出绿苗。孟父日夜悉心护，嫁接移栽成桃林。鲜桃天成，果硕肉厚，汁多糖浓，形似红心，色泽鲜艳。长者食之降压益寿，妇孺食之美颜润肤。邻里羡慕，纷纷效之，移栽他地，色形无二，然味道相差千里。叹兮，美味鲜桃，唯有斯地！

伟哉，吊柿！孟原吊柿，历史悠久，驰名四方。黄帝曾犒劳三军，始皇曾车载咸阳。若桃树是果中佳少女，婀娜多姿，粉面喜色，娇小可人；则柿树是果中大丈夫，伟岸挺拔，形如泰山，独株占地二分，树龄百年而不衰。斯地吊柿，殊者有三：一曰无核。个大色亮、皮肉分明、皮薄如纸、味甘筋少、甜软无核，柿叶、柿皮、柿花、柿饼、柿蒂皆可入药，清热、润肺、止渴，脍炙人口，百食不厌。二曰吊藏。钳形夹杆，折枝摘下，建秸秆房围之，取环形黄花叶绳吊之，低温通风储之，天长日久，水分蒸发，则肉汁清纯，形似珍珠，味如琼浆，来年清明，人神共享。三曰耐旱。若杞果是江南贵族之小姐，则柿树是北方农家之女儿。柿树不喜水、不择地，田边沟岸，随处长成。连月干旱，他物枯黄，唯柿树枝繁叶茂，其省时、省力、省水，折枝自剪，无须管护；习性洁净，无须施肥；耐寒耐旱，无须保暖，真是穷人的"孩子"早当家。叹兮，孟原吊柿，绝世无双！

雄哉，神井！宜君哭泉，孟原神井一脉相连。姜女千里寻夫，遇神仙解渴甘泉现；故里干旱少雨，逢民生工程神井涌。因缘巧合，谓之神。井深千米，入之地河，经千层过滤，万道沉淀，成天然矿泉水。其水安全卫生，富含人体所需之矿物质及微量元素。水色透明纯净，口感甘甜爽口，常饮之肌肤细润，抗衰抗老，延年益寿，堪称矿泉水之冠，谓之神。井水流量充沛，日出水数百吨，润泽20余平方千米，供六村万人共饮用，一井供万人用，谓之神。机井工程量浩大，政府投资千万元，管道无偿接入3000户村民灶房。万人告别饮用集雨窖水之历史，民众不受干旱数里担水之劳苦。惠民工程，深得民心。似甘露滋润万民肺腑，似热流温暖万民心田。故里人饮水思源，实感党和政府之恩，解千年饮水之困，谓之神。叹兮，孟原神井，造福四方！

斯地，地灵人更杰。人有三优，邻里称颂。

斯地人思变。承美德勤劳作、性耿直、朴实执着；秉时尚、重科学、思变革、与时俱进。昔日拉炭换粮，行百余里被查收；肩担柿子，走50里遭罚站，然煤窑生产未间断，农田基建树标兵。今日遇春风得意人更欢，新农村建设创示范。千亩果园连片，数家企业兴办，众多协会成立，走向农工商之路；沼气卫厕入户，物理设施灭虫，有机认证颁发，创绿色名优品牌。一步步走来，一步步改变，一步步富裕。私家有小车成一景，城中有住房不稀奇。叹兮，孟原人思变，永无止境！

斯地人重教。牢记古语：再穷不停孩子上学，再忙不误子女学习。昔日一寡妇教养成 3 名大学生，背馍送儿子上学成研究生，诸事例不胜枚举；20 世纪 60 年代，一年同村考上 6 名大学生，传为佳话。当今国外留学者、考入名牌大学者时传入耳。村民人均受教育年限优于他村，文化之村当之无愧。知识改变命运，学业成就人生。学成就业者年年有之，机关从政者级级有之，百业从事者行行有之。斯地在外工作者有多少人？详数不知，然 60 年代，全村一年上缴的公粮，仅供本村在外工作者食之二月，此有文字记载。叹兮，孟原人重教之风，万代受益！

斯地人文明。铭古训"一屋不扫，何以扫天下"，成习惯出门必打扫，进屋先抹洗。观村庄：一户户农家错落有致，白墙洁院、净几明窗；一家家厨房一日三涤，雪碗冰瓯，不沾微尘；一间间里屋桌柜整齐、被方褥正、床舒炕平；一个个村民衣着大方、干净利落、热情好客。俱往矣：万人游孟姜女故里，八方客桃花节观赏，"非遗"确定，"文明"挂牌，乡村游示范村建成。看今日：热诚守信迎宾客，材茂行絜待未来。叹兮，孟原人洁净卫生，百里有名！

（韩生荣，孟家原人，现在王益区王家河中学工作）

孟家原村桃花节

赵九菊

孟家原村位于距 210 国道、西铜高速及耀州窑博物馆 3 千米的东原上，是铜川新老市区的连接带。黄环旅游公路穿村而过，交通十分便利。这里是古代四大传说之一的主角孟姜女的故里。

这里翠峰环列，沟壑幽深，桃花遍野，古树蓊郁，环境优美，民风淳朴，文化底蕴深厚，村民主要从事种植业和养殖业。目前，有 100 多年树龄的老柿树依然枝叶繁茂，硕果累累。著名作家和谷在《故乡的柿子》一文中所描述的名扬四方的"吊柿"就出自孟家原。铜川人过去只要一提起柿子，如今一提起"桃都"，自然而然会想到孟家原。现在全村共有桃园 4000 亩，其中挂果桃园近 3000 亩，有 40 多个名优桃树品种，鲜桃个大、色艳、肉嫩、味美，深受广大消费者喜爱，供不应求。2004 年我们为桃、柿子注册了"孟姜红"商标，2009 年孟家原村被国家桃产业体系批准为"安全、优质、高效示范基地"，还被陕西省科技厅确定为"王益区桃生产专家大院"（农业专家搭建的技术成果转化平台）。

每年春季，红粉菲菲的桃花，沾带晨露，漫山遍野绽放。这里的桃花艳而不俗，淡而有味，是观赏上品。清新的空气，湛蓝的天空，满园的桃树，连绵的花海，构成一个天然氧吧。身处其中，可以尽享大自然的恩惠，领略桃乡风情，只觉心旷神怡。这是孟家原一年之中最美丽的时节。人们漫步在桃花丛中，春风弄枝头，人面桃花相映红，好像置身于陶渊明笔下的世外桃源，怡然自得。

为了展示果乡新貌，扩大对外开放，提升村域经济，增加农民收入，孟家原村在各级政府的大力支持下，决定从传统农业向休闲观光农业转型，从2008年迄今共举办了七届以"桃花为您开，姜女邀您来"为主题的桃花艺术节。艺术节期间，摄影爱好者纷纷拿起相机，把桃花的美丽妖娆多姿定格在瞬间，在漫山遍野的桃花丛中，数万名游客和当地桃农一起"赏桃花美景，吃农家饭菜，寻世外桃源"，进行经济文化交流。

每年桃花节期间，这里都会举办桃园采风、桃园诗会、桃花摄影展等活动。村里的锣鼓队、秧歌队、自乐班也为桃花节助兴，游客在地里挖野菜，亲手摇纺车、织土布，尽情享受传统的农家生活，在悠然田园生活中忘却烦忧……

（赵九菊，孟家原村党支部书记）

记忆中的孟家村

石正民

孟姜女，老辈人称葫芦娃，说是孟老头和姜老太为邻，隔墙而居，均无儿无女。孟老头靠墙种了一株葫芦，其蔓爬墙进入姜老太院内，结得葫芦一个，成熟后劈开，内有一漂亮女孩。二人商议，孩子为二人共有，取名孟姜女。

故事中，孟姜女千里寻夫，客死同官城北泰山庙，孟、姜二老也年老故去，又无后裔，因而故里无孟、姜二姓人居住，空留孟姜故里。孟家原行政村，辖史家原、弯子村、孟家村、杨陈凹村、下马村及与杨凹村隔沟相望的石家咀子村和西咀村，孟家村正好在各自然村的正中位置，又是村委会所在，因而该行政村取名孟家原村。全村面积约十几平方千米，人口鼎盛时期有3000多人。

孟家村，人称孟姜或孟家，不带"村"字，本村人称家住孟家，外村来人称去孟家。推想村名来源，即是孟老头之家。以后成村住人，皆为外迁而来，渐成村落。

孟家村东西长约200多米，村民面南靠沟挖土窑而居。从我记事起，村中人靠沟分上、下两层居住，共十五六户人家。除一户姓韩外，其余全为石姓，人口不足百人。

石姓居民是从同官石柱原（今耀州区石柱镇）迁移而来。据老辈人讲，迁来的先祖有四个儿子，以后发展为现在的四个石姓分支，分别居住在孟家村、杨陈凹村、石家咀子村和弯子村的后凹里。石姓村民和史姓村民是孟家原村的两大姓氏，人口最多。此外，杨姓、颜姓人口也有一定数量，其他姓的人口均属零星。

孟家村居住地域虽不大，但文化底蕴深厚。"孟家村，两头吊，村的两头两座庙。"村中的古树名木繁多，最大的一株古槐树，粗至多人环抱，郁郁葱葱，浓荫蔽日。人民公社化时期，村上成立木器厂，这些古树均被砍伐。村中有文化的人居多，在外工作的人也为数不少，安徽省军区原政委石磊少将、山西省检察院领导杨照苏是杰出代表。孟家原民风淳朴，村民节俭勤劳，邻里和睦，这大概也与该村传承孟姜女故里的传统有关。

改革开放以来，孟家原村也发生了翻天覆地的变化，经济迅速发展，村民生活显著改善。已从沟边土窑洞搬迁至原上平坦地段，家家户户建起砖箍窑洞，有的还盖上了砖混结构的平板房。村子成为全省"一村一品"先进示范村。这里所产"孟姜红"牌大甜桃远销省内外，现代农业初具规模。种植、养殖各业迅速发展，为农服务的合作社性质的各类公司已经有八九家。受干旱困扰几千年的吃水用水问题已经在国家帮助下得到彻底解决，打成千米深的机井，家家用上了自来水，出水量不仅能满足本行政村村民生产生活需要，富余部分还可支援邻近的三四个行政村用水。

为了建设美丽乡村，发展旅游产业，近年来，村上经多方努力，争取各级政府及企业等单位支持，计划以孟姜女传说故事为线索，在孟姜女故里建设相关旅游设施，并将原孟家村的村民整体搬迁上原，将原庄基复垦平整，形成建设用地。这一计划也得到了市、区政府的大力支持，有些项目已经列入了市上的"十三五"规划。相信通过多年努力，这个旅游亮点一定会迎来市内外八方游客，为我市的经济社会发展，特别是故里村民致富发家提供广阔的发展平台。

顺便要说的一点是，这次平整推出的建设用地，正中心是我家的老宅基。因为我家宅基正好在孟家村的最中心，人们说这里风水好、视野开阔，也可能就是传说中的孟、姜二老的旧宅所在地。为了支持家乡孟家原村的发展，为了家乡父老乡亲的富裕、幸福，我和我的家人完全支持政府和村上的决定。我和我的两个弟弟也都为村上开发的前期工作尽绵薄之力——捐款。我们翘首期待既定的开发方案早日落地生根，以实现孟家原村富裕图强的美好梦想。

（石正民，孟家原村人，曾任铜川市政协副主席）

关于家乡的传说

史华儒

我今年66岁，在我5岁到8岁时，常听老一辈人给我们讲故事，有《锅漏娃哭》《锅沿、门闩、抹布吊串》，其中印象最深刻的是《孟姜女哭长城》。我们几个小伙伴还结伙偷偷跑到孟家葫芦庙去看孟姜女，几家人因找不到孩子很是着急，我们回来都挨了训斥。

老人们说，当年秦始皇修长城，到处征调民夫，孟姜女的丈夫也被抓去，到了冬天，孟姜女要去给丈夫送寒衣。官府修长城的工期要求非常急，残酷虐待民夫，很多民夫累死在城墙工地上，尸骨被埋进城墙的夯土中，官府害怕走漏风声，不允许家人看望。孟姜女决心要去看个究竟，为自己的丈夫送去御寒的棉衣，便趁机悄悄上路。官府发现，便派兵追赶捉拿，孟姜女一路急走一路哭，到宜君的一个山梁，因口渴向苍天哭诉，上天感其诚，道旁涌出一泉，后人名之"哭泉"。再往前赶路，却发现后面赶来追兵，惊慌之下，衣裙被荆棘所挂，眼看追兵就要追上，哭诉于天，天神感其诚，将山转了半圈，把追兵抛在了山后，山上的荆棘都长成直针，没有了弯钩刺。此地后人名之"搬转山"。孟姜女到达长城工地，不见丈夫，听其他民夫说丈夫已经死亡，被埋在长城内，孟姜女对着长城，向老天哭诉，撕心裂肺，三声哭倒长城。孟姜女是我们孟家原村的人，她的家就在距我家大约五六百米的地方。

（史华儒，孟家原一组村民）

一辈子都忘不了的红土坡

史建荣

我出生在一个叫孟家原的美丽乡村，相传这里是中国古代四大传说之一中的主角孟姜女出生的地方，换句话说，我和孟姜女是一个村的。我年轻的时候，想出去闯荡，不想一辈子种地，那样的生活听起来都很没意思。可惜理想是丰满的，现实却是骨感的，因为没有认真计算自己的卡车能拉多少煤，结果拉多了，把才买的卡车钢板给压坏了。这一下，钱没挣着，反而亏了不少，看来还是种地适合自己啊。我垂头丧气地回家，把事情的经过告诉了母亲，母亲拉着我到史家原（今村一组）的红土坡顶上，缓缓地对我讲起了红土坡的传说。

说起这道红土坡，和孟姜女有很大的关系。孟姜女和范喜良刚过了几天甜蜜日子，秦兵突然出现，把范喜良抓去修长城了。孟姜女当时哭得撕心裂肺，但是没有任何办法阻止秦兵，毕竟她只是个弱女子。范喜良离开后，孟姜女日夜思念他，经常呆呆地站在史家原一块土坡的坡顶，痴痴地望着范喜良离开的方向，盼着他早点回来。可是桃花落了，菊花谢了，燕子都回南方过冬了，还是不见丈夫回家。随着刺骨的寒风吹来，孟姜女更加担心丈夫，不知道他瘦了没有，被人欺负了没有，大冷天有厚衣服没有，越想她心里就越是慌张。于是她做了个影响她命运的决定，那就是去找范喜良，看他过得怎么样，给他送一件过冬的衣裳。

孟姜女下定决心后，对着天空咬破中指，发誓说要是找不到丈夫就绝不回家。她的中指血流不止，直到染红她经常站立的土坡，这就是红土坡的来历。人一生都会遇到各种挫折，但是怨天尤人和痴痴等待，远不如孟姜女那样，勇往直前，敢于哭倒长城、哭裂山冈、搬转大山，不达目的誓不罢休。

听母亲讲完红土坡的传说后，我收获很大，决心从头再来。在以后遇到困难时，我总会用红土坡的传说和孟姜女坚持不懈的精神鼓舞自己。现在我把这个故事分享给大家，希望大家也能够有所收获。

（史建荣，孟家原村村委会主任）

孟姜女精神在远方悄悄流传

石民全

我们孟家原村是传说中孟姜女的故里。孟姜女的故事在这里几乎是家喻户晓。爷爷奶奶、大婶大伯们，把孟姜女就像神一样供奉着，虔诚地崇拜和敬仰着。在他们眼里，孟姜女好像就在那遥远的天上，保佑着家乡的儿女们健康成长。每年，他们总要手持香纸，到孟姜女故里烧香祈祷。面对着空无一人的土屋，他们是那样的认真、虔诚，且又毕恭毕敬，使人想笑而又不敢笑，生怕受到老人的斥责。慢慢地，随着爷爷奶奶们去了他们最不想去又不得不去的地方，到孟姜女故里烧香、跪拜的人越来越少。说到这里，您是否认为我们这代人忘了祖宗，没有把孟姜女的精神传承下去？一点都不是，因为人们的认识正在悄悄地发生变化，如今孟姜女的故事渐渐转化为"忠贞不渝，顽强拼搏"的时代精神。孟姜女是人而不是神，她就在我们身边，而不是在天上。她离我们越来越近，她走进了千家万户，她是我们家里没有上户口的家庭成员。谁家不想有一个孟姜女一样的好媳妇、好女儿。孟姜女的事迹感染、教育了一代又一代的年轻人，他们继承了孟姜女的善良、孝顺、忠贞、顽强的精神。走出孟家原后，他们身体力行，影响着他们周围的人，使孟姜女精神发扬光大。于是乎，那些想成为孟姜女的姑娘们纷纷慕名而来，"荣归故里"。孟家原的小伙子们艳福不浅，纷纷找到自己的红颜知己。在这些来自远方的"孟姜女"中，有普通的打工者，也有高学历的知识分子。我的邻居杨存印的儿媳就是一名博士后，是一名非常年轻的化学教授，现执教于长安大学。我们村五组付大有的两个儿子，就娶了亲生姐妹两个好姑娘，成为远近闻名的佳话。

我的三哥三嫂近年来得病，前后共花去 20 多万元。三嫂因冠心病严重，心脏搭桥五根动脉血管，三个儿子积极掏钱给母亲看病，一个比一个主动。特别是大儿子，拿了 8 万元从东莞赶回来，一人安排嫂子住院做手术，并且在电话上把酒店的事安排得井井有条，物资供应丝毫不差（大儿子是酒店采购员）；嫂子术后，二儿子回来陪院，把大哥换回，因为偌大一个酒店实在离不开他。这两个儿子、儿媳同在一个酒店工作，他们踏实肯干，深得老板信任。三儿子和媳妇都是教师，当时都在陈炉中学教书，两人买了房又买了车，手头的确有点拮据。当哥哥的正是考虑到这种情况，才主动让弟弟少拿点儿。嫂子这个手术共花去 12 万多元，到现在我都不知道他们兄弟三人究竟各拿了多少钱。

我三哥的肝切除手术也是一个大手术，听三哥说花了 6 万多元。紧接着，嫂子又重新做了脚腕矫正手术，共花了 38000 元。嫂子视力不好，看东西有点模糊不清，孩子们又商量着给她做了白内障切除手术。他们相互体谅、孝敬父母的这种精神，深深感动了酒店老板，去年，这位老板决定，给在酒店工作的双职工的父母每人每月支付 100 元，以代他们孝敬父母。这样，我哥嫂每月就多了400 元的额外收入。这也算得上是上天的恩赐吧。

村里小辈的事迹深深打动了我，使我心潮澎湃，久久不能平息。我是一个诗歌爱好者，我曾经写过六七首关于孟姜女的诗歌，但却没有写一首赞美儿女们的诗。并不是我吝惜笔墨，而是面对这众多的"孟姜女"们，我觉得自己实在太无能，无法用诗一样的语言去歌颂和赞美他们。在我的头上簇拥着好多外人看上去耀眼的光环：王益区作协会员、铜川诗词学会会员、陕西省农民诗歌学会会员。我觉得自己实在有愧于这些称号。长期以来，我把目光只对着国家大事和改革开放给人们带来的巨大变化，而忽略这些普通"小人物"的存在，没有认真地去了解这些人的生活，去挖掘、歌颂他们身上的真善美。看来，今后我得用诗去讴歌我身边的人和事，对得住别人给我的这顶"农民诗人"的帽子。

（石民全，孟家原四组村民，农民诗人）

辑二

人生在世，经历不尽相同。有人一生所奔波的也许只有一件重要的事情，或为物质或为精神，或为名义或为钱财，或为爱或为恨，或为疾病或为香火，其中有多少喜怒哀乐，经几番阴晴晦冥。一个人的经历，不是人生意义的全部，其本质在于心灵的世界。

——和谷

封锁线上的红色交通员史乾①

刘平安

（一）

抗战时期，为了打破国民党对陕甘宁边区的封锁，中共中央西安情报处建立了三条秘密交通线：东路交通线沿陇海铁路到华阴车站，渡过渭河经朝邑（今大荔）、澄城两县，过黄龙山至洛川，进入边区富县茶坊一带；南路交通线经过川陕边大巴山通往成都、重庆，与重庆党组织联系；北路交通线经铜川黄堡镇，在韩古庄、马咀一带过封锁线，进入柳林、庙湾，翻越老爷岭到关中特委所在地马栏。

北路交通线是连接西安与陕甘宁边区距离最近的一条交通线。从1944年下半年起，这条交通线由杨济安、史剑北负责，交通线上的联络点设在铜川史家原、冯家桥。在炮火连天、硝烟弥漫的战争年代，地下交通员们以大无畏的革命精神和创造性的智慧，通过碉堡林立的封锁线，取送情报、资料、密码和经费，接送往返干部、家属和进步青年，出色完成了组织交给的光荣任务。

史乾，就是这条交通线上的一名"红色交通员"。

---

① 本文根据史儒香记录、高秀芳整理的史乾回忆文章改写。

（二）

1944 年秋，居住在黄土高原的人们备受煎熬，期待着新一茬收成。

一天下午，一位年轻小伙疾步走进黄堡镇史家原村。小伙子名叫杨济安，是中共地下交通员，他肩负着一项秘密任务——将一封重要信件送往边区关中特委和中共陕西省委所在地马栏。他是以看望外婆为名，乘火车从西安回到家乡的。

听说舅父正在地里收割禾草，杨济安也来到地里帮忙。舅父姓史名乾，是村子里吆头牻的好把式，经常跑子午岭一带，去过马栏。杨济安一边干活，一边转弯抹角地向舅父打听去马栏的路径："我有个堂兄叫杨杰，在马栏做生意，我想去看看，不知路怎么走？"

一提到马栏，舅父不由警觉起来。史家原村地处陕北高原南端，和共产党领导的陕甘宁边区接界。抗战以来，国民党消极抗日，积极反共，胡宗南数十万大军不上前线打日本鬼子，却驻扎在边区交界线上，构筑碉堡，设立岗哨，建立了千里封锁线。老百姓迫于生计，常常用牲口驮上瓷器、棉花、布匹等日用品，冒险通过封锁线，到边区换回盐和粮食，以贴补家用。去的人多了，边区人民安居乐业、军民团结的消息就慢慢传开了。史乾也常随乡亲们到边区驮盐，亲眼看见过共产党、八路军的所作所为。近年来，国民党企图把共产党困死、饿死在陕北，对封锁线把守越来越严密，沿边界的老百姓可遭殃了！国民党军队和地方民团除了向老百姓派粮、收缴名目繁多的苛捐杂税以外，还经常要求老百姓拉牲口运送粮草、物资和家眷，这种"流差"长年不断。国民党军队以枪托和刺刀威逼，让老百姓吃尽了苦头，他们有时还将支差的人打跑，把牲口变卖侵吞，或者将人拘留，逼迫家人赎回，不知道有多少家庭因此而倾家荡产。

舅父说："史家原距离马栏有120多里路程，尽是陡坡、深沟，崎岖难行，加上国民党军队严密封锁，在韩古庄、马咀、生寅、焦坪一带边界筑有武装碉堡，岗哨林立，搜查很严。"

杨济安执意要去，舅父见劝不住，便说："这一带活埋过境青年的事经常发生。你个学生娃，容易引起岗哨怀疑，一旦被他们抓住，如何是好？还是让舅替你跑一趟吧。"

杨济安知道舅父痛恨国民党，敬重共产党。舅父家祖祖辈辈以耕种为生。外爷史采风，曾是清朝光绪年间的"拔贡"，任过同官县一高的校长，辛亥革命后担任靖国军参谋，靖国军失败后，回家务农，早年去世。舅父兄弟四人，史乾排行老三，大哥早死，小弟史剑北在外读书，他和二哥在家种地。因家口重，生计艰难，一年忙到头还不够吃。加上国民党政府横征暴敛，贪官污吏敲诈勒索，老百姓叫苦连天。

有一年，国民党加紧掀起第二次反共高潮，在抢修碉堡壕沟的同时，又大举调动军队，催逼老百姓赶牲口向洛川一带运送军粮，准备进攻边区。这一年正轮到二舅当甲长，县上向村里派差，村民们对这种没完没了的劳役恨透了，于是，大家合计采取"抗"的办法。当时，正是种麦的大忙季节，村民们抢种麦子，到了该交差的那天，村里一头牲口都没有派出。第二天，县警察局的两个差役气势汹汹地来到村上查问，人们都下地干活了，适逢小舅史剑北从西安回来，出面同差役交涉，差役们不由分说，举起枪托就打。二舅和村民们闻讯回村救护，差役又用枪托打二舅。看到自己的二哥被打，史乾气愤不已，大喊一声："乡亲们，快打这伙害民虫！"乡亲们一拥而上，拳打脚踢，打得差役喊爹叫娘。一个差役躺在地上装死，想吓唬大家，史乾喊："死了好，死了没对头，官司好打。"这个差役一看势头不对，爬起来就跑。

第二天早晨，十几名军警荷枪实弹，来到村里，把史乾和史剑北一并抓到县里，关进牢房，经人营救，史剑北脱险，史乾被打了四十大板，放了出来。

事后，伪保长又告二舅私通八路，聚众闹事，应作为主犯惩办。二舅闻讯，逃往宜君，下了煤窑。差役抓不着二舅，第二次将史乾抓进牢房，几次过堂审问，什么也得不到，又把他放了出来。从此，对国民党的仇恨深深地刻在了史乾的心上……

望着外甥沉思的表情，史乾多多少少看出来一点门道。抗战初期，国共合作后，八路军在泾阳县云阳镇办了一所炮厂，制作军械，邻近县的老百姓常供应他们所需要的物资，史乾也去送过煤和制枪托用的木材，八路军待人和气，买卖公平，更加深了他对共产党的了解。再加上小弟史剑北从外面回来，常给他讲一些革命道理，他猜测，外甥杨济安和小弟史剑北都是共产党的人。

"怎么，你还不相信舅吗？"史乾蹲在田埂上，点上一袋烟。

杨济安终于说了实情："我这次回来，组织交给一项特殊任务，要把一封重要信件送到马栏，还要带重要文件出来。"

果然是共产党的要紧事，一刻也不能耽搁，史乾斩钉截铁地说："你们要是信得过我，我就替你们去办好这件事。我一个农民赶上牲口容易掩护，路又熟，保证把信送到，把东西带出来。"

杨济安郑重地掏出一个火柴盒，严肃地说："信就在这里面的夹层中。这封信很重要，切不可落入敌人手里，要人在火柴盒在！"

接着，他给舅父交代了到马栏后要找的联系人，说："我的化名叫'安继良'，你到马栏后就用这个名字接头，还要说明我没有亲自去的原因。"

史乾郑重地点点头。甥舅俩又商量起应付敌人的办法，约好取文件的时间。临走时，杨济安将一盒香烟塞进舅父手里。

（三）

"喔——喔——喔——"

鸡叫头遍，史乾起身赶着牲口上路了。

对于在黑暗中行走，脚夫史乾并不紧张，紧张的是头一回为共产党干事，生怕把事干砸了！昨晚，他将外甥杨济安交给他的"火柴盒"装在棉褂子的口袋里，并让家里准备好上路的干粮。

出村三四里到黄堡镇，穿过咸铜铁路，经过2里多的街道，沿街西头的公路向南走3里，到了新村河；由这里上原，经过凤凰村、上安村，大约走了30多里路程，天已经放亮，前面就是韩古庄，敌人在这里设有炮楼和关卡。

一路上，史乾反复琢磨着对付岗哨的办法，想着济安的叮咛，决心拼死保住"火柴盒"。快到炮楼了，为了给自己壮胆，他便高声唱起秦腔来："为王的坐椅子，嗯哎唉嗨哟，脊背朝后……"

"干什么的？"哨兵喝问。

“驮盐的！”史乾大声回答。

哨兵端着刺刀，走上前来，恶狠狠地问：“是驮盐的吗？”

史乾指着牲口鞍子上的口袋说：“你看！”

哨兵使劲拉扯史乾的棉褂子，在他身上胡摸乱捏起来。史乾急忙从口袋里掏出纸烟，递给哨兵一根，拿出火柴给他点上，点完烟后将火柴盒紧紧地握在手中。哨兵没有搜出东西，便审问史乾是哪里人，叫什么名字……史乾一一回答，趁空又递上一根纸烟。哨兵见烟盒里没有几根纸烟，不耐烦地摆摆手，说：“走吧！”

史乾扬鞭，喊声“嘚！驾——”，赶起牲口，朝解放区奔去。

马栏位于子午岭的崇山峻岭中，一条街道纵贯南北，马栏河从中间流过。河西南边的半坡上有两排土窑洞，那是关中分区机关所在地。坡跟底下是关中分区大礼堂。

史乾牵着骡子来到特委门前，对门口的守卫说：“我是来找汪锋的，你给我通报一下，就说西安的安继良来啦。”

一会儿，守卫跑了出来，领着史乾向里面的一排窑洞走去。这时，一个30多岁、中等身材、方脸的男同志从中间的一孔窑里走来，没等史乾开口，便问道：“你是安继良吗？”

“你是……”怕找错人，史乾不停地打量起这位同志。只见他身穿八路军制服，举止敏捷，态度和蔼。

“我叫汪锋，就是你要找的人。”那人说。

“哦，你就是汪锋……”没等史乾把话说完，汪锋赶紧招呼史乾进窑洞。

卸下牲口鞍子，史乾跟汪锋进到窑里，说：“我不是安继良，我是安继良的舅父。”

汪锋有点诧异，等史乾说明情由，他才放下心来，询问了史乾个人的一些情况。汪锋说："你这个舅真替外甥操心啊！"又连忙吩咐通讯员："今天加一个客饭。"并让通讯员将史乾的牲口牵到街上店里去喂。

通讯员出去后，史乾取出"火柴盒"，递到汪锋手中。汪锋小心翼翼地打开火柴盒，从夹层里取出折成指甲盖大小的信纸，慢慢展开，有烟盒那么大，上面写得密密麻麻的。捧着信，汪锋同志说："这分明是一件珍品。好家伙，像蚂蚁爬过似的，还真不好认哩！"他仔细地看了又看，看着看着，脸上露出惊奇的笑容，自言自语地说："了不起！你给咱们办了一件大事！"

汪锋又询问了通过封锁线的情况，吩咐史乾不要到街上去，他说："哪里有共产党，哪里就有国民党，防止潜藏在这里的特务盯上你。"

吃饭的时候，通讯员给史乾端来一大碗猪肉大烩菜和几个白面馒头。史乾谦让说："我自己带有干粮。"汪锋亲切地说："别客气，这是咱们自力更生、自种自养的，吃吧！"史乾美美地饱吃了一顿。

饭后，汪锋带史乾在院子里散步。院子里有菜园子，史乾头一次看到西红柿，是那样鲜红、饱满。汪锋同志见他稀奇，顺手摘了一个递给史乾："没吃过吧，尝尝！"史乾咬了一大口，觉得味道特别怪，不习惯，把剩下的悄悄装进裤子口袋里，汁液把衣服浸湿了一大块。

晚上，他们和衣睡在土炕上，史乾睡里边，汪锋睡外边。史乾注意到，汪锋睡觉时把枪夹在腿中间，双手抱定，这怕是打仗养成的习惯吧！

第二天，汪锋将一个用油纸密封的小包交给史乾，说："这是一件极其重要的东西，路上要保护好。"

史乾把它紧系在腰带里，装了几口袋盐就返回了。

在距离炮楼不远的地方，史乾坐下来歇息。他解下腰带，取出油纸包，然后脱下布袜子，将油纸包放在袜底。那时农民的袜底就像现在人们用的鞋垫，甚至比鞋垫还结实，袜子脱下来硬邦邦的，像个半高筒雨靴。油纸包藏好后，他放心地赶上牲口向炮楼走去。

"站住！"哨兵站在炮楼边厉声喝道。

史乾闻声站住。这回，哨兵在牲口的驮子上搜了一遍，又来搜史乾身上，解开他的大腰带，脱去棉褂子，胡摸乱抖搂。哨兵让史乾脱鞋，眼看担心的事就要发生了。史乾心里十分紧张，但他故作镇静，慢慢脱下鞋，穿着袜子站在地上。

哨兵恶狠狠地说："把袜子也脱了！"史乾急中生智，大把捏住袜子硬底的油纸包，把袜子从脚上拽了下来，筒口朝下抖了抖，袜子的臭气冲得哨兵直皱眉，哨兵厌恶地转过头去说："滚，滚！"

史乾不慌不忙地穿上鞋袜，赶上牲口，大摇大摆地朝回家的路上走去。后来他才知道，这一次带出的东西，是地下党和党中央联系用的密电码。

回到家里，史乾心里有说不出的激动，共产党干革命，是为穷人打天下的，这一次自己不也为革命做了点事吗？他暗自高兴，干起活来分外带劲。家里人见他乐呵呵的样子，还以为他这次驮盐赚不少钱呢！

此后，史乾常常揣摸着一桩心事，翻来覆去地想着一个问题：自己是个农民，文化浅，家口重，不知能不能参加革命？参加革命，那可是把脑壳揿在裤腰带上的事啊！可一想起这艰难的日子，想起所受的欺压和苦楚，他暗自铁了心："豁出去了！革命只要要我，我就干！"

　　按照约定的时间，杨济安回来了。看到舅父带回来的油纸包，他紧紧握住舅父的双手。

　　随后，杨济安问了问路上的情况和边区的情景。史乾再也压抑不住心中的激动，向外甥和盘托出自己的心思。他问外甥："你说舅行吗？"

　　杨济安高兴地说："你有决心，我看行。我跑西安到同官这一段，你可以当通过封锁线的交通员。过封锁线，你比我条件好。我们架一座看不见的桥，把西安和延安连起来，不过这是件大事，我定不了，要向领导汇报了再说。"

　　送杨济安出门时，史乾还再三叮咛外甥记着这件事。

（四）

　　1944年底，史乾收到杨济安的来信，催促他赶快去趟西安。这准是和上次送信有关，兴许，自己托外甥办的事有眉目了。史乾心里有说不出的高兴，他顾不得天寒地冻，冒着鹅毛大雪，迫不及待地买上火车票就出发了。

　　一见面，杨济安告诉他说："地下党领导人要见你。白天不方便，等天黑以后，我领你去。"

　　傍晚，他们来到鼓楼西边的一个商号。进了后门，来到一处小院，一位个头不高、身体发胖的男子迎了出来。他穿一身黑制服，大眼睛，看上去十分气派。经杨济安介绍，史乾知道，他是李先生，是杨济安的领导。

回到屋里，李先生招呼史乾坐下，倒上一杯水，便和他攀谈起来。李先生仔细询问了史乾的家世和个人的状况，说："你第一次带情报过封锁线，任务完成得很好，今后你愿意为革命继续工作吗？"

史乾说："愿意，我都想好了。"接着，他把自己受欺压，日子过不下去，想参加革命的心事向李先生表白了一番。

李先生说："干革命是有危险的，一旦出事，会坐牢、杀头，也会连累家里人，你不怕？"

史乾说："我没干革命他们都抓我、打我，不同他们干，头颅也长不牢，日子也没法过。"

看到李先生不再言语，史乾连忙发誓说："头可断，血可流，党的秘密决不露！"

李先生满意地笑了，他郑重地告诉史乾："延安来电报了，上级已正式批准你为北线交通员。你家就是咱北路交通线上的据点，你的代名叫'石生财'，今后，你就用这个名字到马栏去联系。'安继良'是你外甥的名字。"说着他指了指坐在一旁的杨济安。

这一天晚上，史乾住在外甥媳妇高秀芳的家里，兴奋得睡不着觉，糊里糊涂苦熬了几十年，现在把自己和革命连在一起，怎能不高兴呢！

离开西安前，李先生交给他一大包材料，为了好带，史乾把它分成三小包，贴身围在腰里，外面用宽布腰带扎住，平安地到了家。

过封锁线的前一天晚上，等妻子儿女睡熟以后，史乾拆开贴身穿的旧棉袄，把材料夹在背上的棉套子里重新缝好，备好干粮，合了一会儿眼，鸡未叫就上路了。

从新村河上原，穿过凤凰村、上安村，天不大明便顺利通过了韩古庄炮楼，到了吕村河，涉过沮河，经柏树原和七里坡到柳林镇。柳林镇有一个解放区靠近蒋管区的贸易点，史乾歇脚打点后继续北上，来到号称"七十二道脚不干"的西川河。这里河道弯弯，水流潺潺，泥泞难行。再往前就是老爷岭，老爷岭山峰高耸、石崖错落，全是石头山路，崎岖不平。尤其是半山腰有一段山坡叫"鸡儿架"，坡陡路窄，单人行走都很困难，何况还赶着牲口呢？一不小心就会掉进深不见底的山沟，连尸骨都无法寻找。沿路山沟里到处挂着牲口的干尸，看上去让人毛骨悚然。"脚户路过鸡儿架，没有一个不怕怕。走到半坡往下看，骡马尸骨挂山间。真似阎王砭，一点不虚传。"这是路过这里的脚夫们流传的一首歌谣，用来形容山势的险峻。

这段山路有 10 多里长，当时正是数九寒天，大雪之后，坡陡石滑，步步艰难。牲口每走一步，史乾都紧张得透不过气来，来到牲口打滑容易脱蹄的险道，他脱下外面穿的破棉褂子铺在路上，一步一挪，让牲口安全通过。到了山顶，史乾已累得汗流浃背，本想松口气歇一歇，但山顶风大，湿汗经北风一吹，寒冷难忍。史乾不敢歇息，穿好棉褂子，系好腰带，急忙赶路。

从老爷岭往西，有 30 里弯弯曲曲的沟渠湾直通马栏，路很窄，中途碰上对面有人来，一人就停在边坡上，另一人才能通过。

经过艰难跋涉，马栏在望。站在边区的溪流旁，史乾心里顿觉舒
坦，走着走着，便情不自禁地唱起了现编的乱弹：

　　我老石进边区，

　　嗯哎唉嗨哟！

　　下沟上原又爬山，

　　穿过七十二道脚不干。

　　老爷岭，鸡儿架，

　　你再险来我不怕，

　　沟渠湾，虽难走，

　　我的乱弹不离口。

　　越走越觉心舒坦，

　　兴高采烈进马栏。

　　到了地委，汪锋远远地就向他打招呼："老石兄，你来啦！快
进来歇歇。"史乾高兴地说："老哥，你好？"在与汪锋同志交往
的日子里，他们总是亲热地互称兄长。

　　递交了情报，吃过客饭，晚上，汪锋要带史乾到地委礼堂去看
戏，说："老石兄，走，看戏去！"

　　史乾怕麻烦他们，推脱不去。汪锋同志亲切地说："老石兄，
你们在白区担惊受怕，回到边区，就是回到了'家'。"史乾激动
得说不出话来，高高兴兴地跟同志们来到大礼堂。

　　礼堂的凳子全是栽在地上的木桩子。木桩子有两把来粗，上边
横着钉一块檩椽，人坐的一面刨得很平整，坐着也挺自在，而且
一排比一排高一点，后边的人也看得清楚。当晚演的是《逼上梁
山》，见史乾对台上的表演似懂非懂，汪锋不时地给他讲解剧情。

看完戏回到住处，汪锋向史乾了解了很多白区的情况和他家里的情况，讲了怎样保守党的秘密和许多革命道理。对于史乾这个刚刚走上革命道路的大老粗来讲，汪锋同志的每一句话都说在他的心里，让他感到新鲜、亲切。史乾老在想，汪锋与自己年龄不相上下，为什么能懂得那么多的革命道理呢？他打心眼里敬佩汪锋同志。每次到边区，史乾总想一眼就瞅到汪锋同志。他的心里充满了喜悦，这个受了半辈子苦的庄稼人，在白区被人看不起，受尽欺压，今天回到"家"里，领导和同志们都热情和气地接待他，他怎能不感到温暖呢？

（五）

由于任务繁忙，史乾经常赶着牲口出没在山道上、河渠旁。除了传递情报、资料、文件外，还护送过不少同志进入边区。

有一次，从西安来了4名青年学生，要通过封锁线到延安去学习。他们来后暂时住在冯家桥冯明学家里。冯明学是地下党员，他家是地下党的另一处联络点。为了缩小目标，不被敌人注意，史乾一天内分两次走两条路线，把他们安全送过封锁线。先送两个人，通过韩古庄炮楼，到达柳林镇后返回，这里已是解放区，安全没有问题。第二次又送其他两人，通过马咀炮楼，当晚住在柳林街上的旅店。第二天，给他们指明道路，让他们自行北上，史乾便折返回家了。

还有一次，一位妇女同志带着两个孩子通过封锁线，一路上，她骑着骡子，怀里抱着小孩子，骡子屁股上坐着大孩子。上老爷岭时，孩子们吓得不停哭喊，史乾一边哄他们，一边用手推着后面的大孩子，生怕他掉下来，终于把他们母子平安地护送到马栏。

1945年冬天，史剑北回到史家原。之前，经杨济安介绍，史剑北也参与了西情处的地下工作。见到史乾，史剑北说："这一次要送两位地下党负责干部去解放区，时间紧迫，任务重要，要绝对保证安全。"兄弟俩商量了两种办法，一种是利用上层关系掩护公开过炮楼，如果不行，那就用另一种办法，即扮作商人走。

阴历十月的一天，史乾跟随国民党同官县部书记长陈子敬（地下党员）、黄堡镇公所保长冯明学来到耀县火车站。一列火车呼啸而来，车刚停稳，几位客人由史剑北陪着迎面走来。一见来人，史乾吃了一惊，这不是在西安与自己谈话的李先生吗？实际上，李先生真名叫王超北，是地下党负责人。另一位叫李茂堂，公开身份是国民党特务机关负责人。经党中央批准，西安地下组织正式命名为"中共中央西安情报处"（简称西情处），王超北、李茂堂二位分别被任命为西情处的正、副处长，他们这次去延安，就是向党中央汇报西安地下组织工作的。同行的还有一个小孩，是王超北二儿子田学新（即王乃宁），另一位是萧华杰，担任警卫。按照保密纪律要求，史乾不知道他们的真实姓名和身份。陈子敬安排他们先住进一家瓷器店里，后又接到耀县城里住。

由陈子敬出面接待，表面上是常见的下级接待上级，实际上则是掩护他们。王超北、李茂堂二位扮作生意人，带了许多香烟、糕点、糖果之类的东西。史乾扮作雇来赶牲口的脚夫。通过耀县正北桃曲坡炮楼时，陈子敬拿出自己的证件，指着王、李二位对哨兵说："这两位是我的朋友，在西安做生意，要回家去，让他们过去。"哨兵看完证件，又看看随行人员，让大家通过了。

到了马栏，史乾把牲口驮子卸在地委院子里，找到汪锋同志，告诉他西安来了重要"客人"，汪锋立即跟着史乾来到马栏镇东头的苇子沟口迎接。一见面，大家互相问好，边走边谈，亲亲热热地进了地委院子……

后来，史乾才知道，当年通过封锁线的四位青年是：樊学仁（即王同泰）、杨学义（即杨力平）、田学理（即王乃平，王超北同志的长子）、李学智（即李允平），那位妇女同志是李允平的母亲。

（六）

解放战争时期，胡宗南军队大举进攻解放区，曾一度占领延安，炮楼关卡对过往人员的盘查更严了，一有特别任务不敢公开闯关卡时，就得半夜三更从两个碉堡之间的山沟里偷着过去。

胡宗南军队占领了解放区很多地方，驻在柳林和马栏的党的机关也不断转移，即使闯过碉堡，还得到处寻找自己人，这给交通工作带来种种意想不到的困难。

一次，史乾翻山越岭，好不容易才找到党的机关，见到赵伯平同志，交了材料，就问："敌人在这一带搞清剿一年多，你们是怎样对付的呢？"赵伯平说："这一带是拉锯战，同敌人在山沟里迂回周旋，我们有老百姓支持掩护，敌人像瞎子一样，处处扑空挨打。"他又说："凡是被敌人暂时占领了的地方，都有我们的游击活动。"

又一次，刚交完材料，接待的同志关心地说："老石，吃了饭你快点儿走，胡宗南的'运输队'就要来了，机关正在组织人员到山上支援军队呢！"果然，在回去的路上，刚到柳林附近，史乾听见南边七里坡、柏树原上的枪声很紧。这时正好碰见边区贸易公司的张经理正在招呼驮子往山沟里撤，他告诉史乾，敌军就在不远的南边。显然，不能继续往南走了，史乾跟随游击队一块儿上了山，当晚和游击队的同志住在一起。

关口难过，但还得想方设法过去啊！为了探路，史乾想用驮棉花去山区换盐换粮的办法试一试。棉花体积大，东西好隐藏。过去家里没有粮食吃的时候，史乾的侄儿史志民几次要过去换粮食，怕出差错，他一直没有答应。这次，史乾想让侄儿先驮上棉花试一次，看哨兵搜查不搜查棉花、怎样搜查。探好了，下次自己再亲自驮棉花带材料过去。不料，由于坏人告密，史志民赶上牲口，刚一出村，便被警察抓去，关进县城监狱里。尽管棉花包里什么也没搜出来，但在过堂提审时仍用了刑，史志民被打得死去活来，鲜血淋淋，惨不忍睹。国民党硬要史志民招认"私通八路军"，但史乾从未向家里人透露过任何秘密，他们自然从史志民口里什么也得不到。史乾到处求人作保，重利借了大地主梁盈家20万元，加上别处借的几万元，才把史志民赎了回来。事后，他忍痛卖了15亩地才把债还上。

试探没有成功，史乾只好将情报缝在布袜子筒的周围，趁夜深人静的时候，翻过深沟，穿越封锁线，把情报送往边区。回来的路上，刚走到上安村时，他不幸从地坎上摔了下来，脚腕骨折，疼痛难忍。许多天后，虽然好转，却落下终生残疾，走路一拐一拐地。

家里地少了，自己也伤残了，上有老母，下有妻儿子侄，一家十几口，日子更艰难了。不久，史剑北从西安回来，知道家里的窘境后，对史乾说："这不是咱一家的难，你看村里左邻右舍，能吃饱饭的有几家？再说，西安地下党的同志们，生活也十分艰苦啊！这次中央拨了一笔经费，能不能安全地带出来就看你了。你的伤刚好不久，行吗？"

"行！用这伤残的脚也要踏平千里封锁线，一直走到胜利。"史乾坚定地回答。是的，剑北说得对，再难也要坚持啊！

到了边区，史乾见到赵伯平同志，晚上就住在他的窑洞里。赵伯平和其他同志一样也不脱衣服，抱着枪睡觉，随时准备战斗。可史乾一到马栏，就觉得到了绝对安全的地带了，总是睡得很香很甜，不是么，有他们拿着枪睡在身旁保护自己呢！

第二天，赵伯平同志拿出金条、金耳环、金镯子等，对史乾说："胡宗南的'运输队'在这一带横行，路上千万小心！"同时交给史乾一项任务，为方便与敌人周旋，让他设法搞几张国民党的身份证。

史乾把金子用棉套子包好捆紧，塞进盐口袋带回家里。虽说安全过了封锁线，但要把它送到西安也不容易。为了应付沿路军警的搜查，史乾把这些金子烙在饼子里，做上记号，同其他烙饼混在一起。当地老百姓有个习惯，凡家人出一趟远门，备带的干粮就是饦饦馍，这是类似锅盔的一种烙饼，一般有碗口大，放上四五天都不容易变坏，既可以冷吃，也可以用开水泡着吃。在火车上、旅店中，老百姓都带这种干粮，不容易引起注意。史乾凭着自己的聪明才智，把经费平安地带到了西安。

就这样，史乾拄着棍子，赶着牲口，坚持进出解放区，传送情报，护送干部，想办法为赵伯平同志搞到了几张国民党身份证。

（七）

在来往马栏的几年里，史乾与许多同志结下了深厚情谊。除了与汪锋、赵伯平同志是老相识外，他还经常在杨信同志的窑里睡觉。杨信是走马梁人，他的父亲梁瑞亭也是省委另一条线的地下交通员。地委管后勤的孟苇和朱明同志，见到史乾格外亲切，招呼吃住，热情周到。他们常在夜里长谈，从史乾那里他们了解老百姓的疾苦，史乾也从他们那里懂得更多的革命道理。

柳林街有个酿酒的烧房，游击队队长高文同志就住在这里，这里是去马栏的必经之地，史乾经常在这里歇脚，受到他的款待。由于敌人长期封锁，解放区日用必需品十分缺乏，朱明同志高度近视，严重影响工作和生活，托史乾代他买一副800度的近视眼镜。史乾在西安没有找到这么大度数的，经朱明同意，史乾买了两副400度的眼镜，让他合起来戴。其他同志也有缺这缺那的，史乾也顺便给他们代买。

马栏盐店有个姓冯的同志，常让史乾给泾阳一位老太太捎钱带东西。他告诉史乾，这位老妈妈的几个儿子都投身革命，她虽孤苦清贫，但支持革命，从不叫苦，同志们都尽可能多关心她。冯同志的行为让史乾感动，这位为革命做出牺牲的老妈妈更令史乾敬佩。

天亮之前天更黑，对史乾这个常常鸡叫就上路的人来说，体验就更深刻了。1949年初，全国即将解放，国民党统治更加黑暗，对人民的压迫更加残酷，不但封锁线上不容易过去，就是白区也是到处设立盘查站，便衣特务跟踪盯梢，真是防不胜防。

一次，有包重要东西要送到边区。李先生不放心，安排史剑北陪着史乾回铜川，好互相照应。他们把装情报资料的布包放在提篮里，上面放了许多日用杂物。

刚上火车，史乾就觉得有人注意自己，史剑北也发现了。他们装作找座位，连着穿过几节车厢。过了三桥车站，刚坐下，"影子"又跟上来了，于是他们低声商量了一下，准备在咸阳下车，甩掉这个"尾巴"。

这趟火车是从西安经咸阳北上直达铜川的，中途不必换车。咸阳是大站，火车停的时间稍长些。车到车站后，他们仍坐着不动，装出不下车的样子，来麻痹敌人。当车快开的时候，他们迅速挤过人群下了车，紧接着汽笛长鸣，火车启动了。这时，即使敌人发现，也来不及下车了。刚下车，正好有一辆列车开过来，他们就上了车。这趟车是往西开的，史乾和史剑北商量不要坐太远，到茂陵站就下火车。

这时，天色昏暗。这下可脱险了，只要等到一列东行的火车回到咸阳，次日就可以北上回家。正当他们庆幸的时候，在茂陵车站出口处又被挡住了，所有旅客都被站上的警察带到后院里，排成队，挨个走进屋子接受检查。天已经全黑了，快到检查室门口时，史剑北发现窗根底下放着两块磨盘，便用手捅了捅史乾，指指那磨盘，史乾趁机把提篮塞到磨盘背后，然后两人先后进屋接受了检查，出来后趁天黑又把提篮取走。

脱险回来后的一天夜里，史乾摸过碉堡之间的山沟，把布包送到马栏。赵伯平同志看了情报后，激动地说："太原很快就要解放了，我们潜伏在阎锡山周围的同志，听见阎锡山丧气地说：'中国完了，人心去了，民为水，官为舟，水可以载舟，也可以覆舟……'你们听听，这就是敌人灭亡前的哀鸣，国民党这个舟就要沉没在中国人民的大海里了。"这时解放大军正在解放太原。

饭后，史乾与孟弗等几位同志闲谈，他说："你们生活真苦，还要和敌人周旋打仗，早些把反动派打跑就好了！"

孟弗说："我们苦是苦，但还是在自己'家'里，你们地下党的同志才难哩！生活在白区，周围都是敌人，随时都有生命危险。你老哥不是每进出一次边区就冒一次危险吗？"

另一个同志接着说："这是两条战线，一条是公开的战线，这当然很重要，但没有地下战线的斗争也不行，我们是同甘共苦互相配合，打败反动派的日子不远了。"

史乾高兴地说："说得对，我们都盼望着这一天！"

（八）

在白色恐怖中，史乾、冯明学、杨济安等同志所负责的地下交通线，向延安党中央送去了大量重要军事情报，为边区输送了许多革命青年及干部，西情处多次受到党中央表扬。

1949年5月20日，西安解放。由于当时关中局势尚未稳定，西情处的同志们奉命暂时不公开身份，史乾同志在家乡铜川也是这样。

不久，史乾接到李先生（王超北同志）的来信，要他到西安。见到史乾，王超北表扬了他几年来不顾身家性命，出色地完成了地下交通任务，还安排他和西情处的其他同志照了一张合影。因为地下工作的特点，各自的工作都是单线联系，此前很多同志互不相识。这次相聚，可谓是一次大团圆了，这张合影也被大家亲切称为"西情处的全家福"。临走时，王超北交代史乾说："你的组织关系和档案材料，我们已经转给铜川县委了，你可以和他们联系。党籍、分配工作的事就由县里解决。"

不幸的是，史乾的档案材料在传递过程中丢失了。据说县里有关同志曾见到过，但长期查找不着。随后，原西情处的领导人先后调离西安，许多同志后来受到审查，无法顾及史乾。史乾出于对党的忠诚，不计个人得失，在党籍、公职无着落的情况下，继续以耕种为生，仍然积极参加村里打土豪、分田地、查田定产、镇反、肃反等政治运动。1957年，在人民政府的倡导下，史乾负责筹建黄堡公社兽医站。他白手起家，苦心经营，为兽医站积累了一定财产，培养了一批兽医人员，历年被评为红旗手、劳动模范、先进工作者等。这期间，史乾也曾不断上诉，要求解决他的党籍和公职问题，但都未能如愿。

1962年下半年，王超北受到康生诬陷，蒙冤入狱17年，西情处的干部全部遭受株连，无一幸免。史乾的问题不但没有得到解决，反而成了"黑线"人物，"文革"中被批斗，受尽折磨。党的十一届三中全会以后，西情处处长王超北、副处长李茂堂同志彻底平反昭雪，史乾同志几十年的积案也得以纠正。在汪锋同志亲自过问下，史乾这位已是80岁的老人，公职被确认了，工龄从1944年下半年第一次送情报时算起，将原集体单位退休待遇改为离休干部，级别定为行政20级，后分别担任铜川市人大代表、政协委员。

西情处处长王超北，1949年后先后担任西安警备区副司令，西安市公安局副局长、局长，中国国际旅行社副经理，对外贸易部中国五金矿产进出口总公司顾问等职。1962年，遭康生诬陷入狱，1979年4月平反，1985年10月1日病逝于北京。西情处副处长李茂堂同志，曾任国内贸易部第一任副部长，1950年蒙冤被捕，1953年5月在北京病逝。1982年3月，经有关部门复查，李茂堂同志彻底平反昭雪。史乾外甥杨济安，1949年后为北京大学历史系研究馆员。"文革"中被陷害，1980年平反。杨济安妻子高秀芳，时任西情处译报员，1949年后为北京大学历史系教授，"文革"中被陷害，1980年平反。史乾小弟史剑北同志，1949年后为西安市公安局稽查科科长，后任北京煤炭管理干部学院党委书记，"文革"中被陷害，下放到黑龙江劳动，1980年平反。冯明学同志，1949年后任陕西省公安厅科长，1963年调省新川建材厂任科长，1966年被诬陷关进牛棚，1972年平反。肖华杰同志，1949年后在西安市公安局第一分局建国路派出所工作，后因李茂堂问题而受到牵连，落实政策后回到西安市公安机关工作。

无疑，这是一段惊心动魄的岁月，一段激情燃烧的岁月。今天，地下交通线的许多同志已经作古，依然健在的已为数不多。虽然这段岁月距离我们越来越远，但地下交通员们不怕牺牲、勇于献身的英雄精神和光辉功勋永远铭刻在共和国的历史上，铭刻在人们的心里。

共和国不会忘记他们，人民不会忘记他们！

（刘平安，陕西省文联办公室主任，作家）

杨照苏：为革命鞠躬尽瘁

梁　炜

杨照苏（1920—1982），原名杨明士，孟家原村人。梁家原东村梁建明老人（清珍、守珍之父）大女儿泾娃的女婿，西村梁继超（万虎）三姑父的亲弟弟。民国二十四年（1935），杨照苏高小毕业，考入三原中学，时日寇占领我国东北后继续侵华，中国人民抗日救亡运动风起云涌，三原中共组织工作力量强大，他受到许多教育，爱国抗日心切。1936 年"西安事变"爆发，张杨捉蒋逼其抗日，杨明士热烈拥护张杨八项主张，与西安、三原等地同官（今铜川）旅外学生 30 多人先后回县，进行抗日救国宣传工作。当时主要有杨明士、雷通、杨杰、杨超、史汉杰、张文辉、袁文华、任维薛、李景民、董忠善、董忠恕、王建新、王建凯、雷炎芳、姬成新、寻文杰、杨维岳、刘天秀等。这批热血青年，数九寒天聚集县城文庙，生活自理，缺火少被，仍满腔热忱地向一高师生、县城集市人员、城内居民、城周农民宣传抗日救国及张杨八项主张，深得进步人士支持。国民党的县党部书记长吓得逃匿了。在西安西北民众运动指导委员会派来的东北军和西北军委员指导下，学生们成立了有名的"同官人民抗日救国会"。他们召开成立大会，印发宣言传单，慷慨激昂地宣讲枪口对外、反对卖国投降、打倒日本帝国主义的大义，大唱抗日救亡歌曲，演出抗日爱国的街头戏剧等，使得县城各界的抗日情绪高涨。

腊月，青年学生又依乡籍分赴城关、黄堡、红土、石柱等镇宣传。四乡学生和农民纷纷自动聚集镇上，听讲话、看演出，尤其是新形式、新内容的小型戏剧、舞蹈和歌唱，幕布开合，化装表演，为乡民从来所未见未听，因此吸引了大量乡民扶老携幼接受教育，使黄堡寨城戏台连续多日犹如集市一样，收到非常好的宣传教育效果。从县到镇，前后坚持两月有余，年轻活泼、英姿勃勃、能唱会舞又会演的杨明士起了很大作用，在一代小学生和农民中受到喜爱和拥戴。杨明士和他的同学组织参加的这次爱国运动，已经载入同官青史，播种在一代人的心中。

1937年，杨明士转学西安二中，不久加入中国民族解放先锋队（民先队）。他大量阅读进步书刊，结合当时实际，认识提高，明确只有共产党才能真正抗日救国。"七七事变"后，他又两次下乡宣传抗日，唤起民众。是年8月，加入中国共产党。1938年春，担任西安二中学生抗敌后援会党团书记兼宣传委员。6月毕业后，调往延安中共党校学习，12月又调泾阳安吴青训班，其间曾任党支部委员，参加锄奸工作。1939年夏，调任山西吉县牺牲救国同盟会（简称牺盟会）青年干事兼县委书记。12月随牺盟会的抗日决死队213旅转移太岳地区。1940年起，先后到沁源、太岳县委和地委任分委书记、县委执委、常委、宣传及组织部长等职。1946年冬，任大部分地方为游击区的灵石县委组织部长。第二年，在保卫群众夏收而与国民党抢粮军战斗中，被敌围困，跳下10余丈的山崖，左大腿骨折致残，工作受到了很大限制。

中华人民共和国成立后，他历任山西省汾阳地委组织干部科长，省监委审理室副主任、审理处长，省纪委专职委员等职。谢绝休养，带病坚持工作到1982年12月10日生命最后一息，与世长辞。

抗日名将梁希贤

梁　炜

梁希贤，原名梦瑞，后改希贤，字哲生，梁家原人，梁瀛长子。1898年生，少时就学于梁家原村小学，后就读于同官县立第一高小，1920年考入西安第一师范学校。他在青年时代即性格旷达，博闻强记，见多识广，兴趣广泛，不愿在家守其父之财富当财主，而将目光投向国计民生之广阔世界。面对数十年来列强、外敌多次侵略，晚清政府腐败丧权辱国，民国初兴后袁世凯、张勋两度复辟，后又军阀混战，国家遭内乱外侮，民生痛苦，他立志投身军界，以图救国救民、强国富民。

梁希贤身居西北，放眼全国。1924年秋，听闻孙中山先生已在广州黄埔创办陆军军官学校，培养革命武装力量，准备北伐，27岁的他决心追随孙中山进行革命，投军入伍。1925年春，他临行前，与在西安的同乡雷炎垄、王蕴章、梁梦熊等人照相告别，随后上了马车，到河南观音堂乘坐火车。几千里路，风餐露宿，车马劳顿，终于到达孙中山经营的广东革命根据地中心广州，考进黄埔军校，在第五期学习。可是孙中山于1925年3月去世了，黄埔军校的事务很快由蒋介石主持。梁希贤1926年夏毕业，被分配到陆军第22师见习。北伐战争中，他作战机智勇敢，完成任务坚决。1927年后又随军投入内战，先后受到长官赏识，不断得到提升，10多年间，由排长逐渐升为连长、营长以至团长。梁希贤青年时代虽不守家守财，但他当了团长以后，保家护家的思想表现得很浓厚。他给家里弄回了多少枪支无人知道，但他父亲梁瀛的外衣下面腰间携带小巧玲珑的手枪一支，都是我和同学在他家看梁希贤的照片时亲眼瞧见的。他的管家掌柜四弟梁梦周经常身背盒子枪，院内行走，大门出入，也并不避村人。他家雇用的长工头儿，晚上身背步枪，在他家八孔窑面的宽大院落巡哨，并不保密。特别是他派回一名忠实上士刘振山，身穿军装，身背步枪，在他家大门口站岗几年，则是非常奇特的事情。梁希贤主张抗日，又受蒋介石消极抵抗思想的限制，眼看日寇侵占了东三省，自己壮志难酬。这是当时多数旧军官的典型矛盾心理。

1937年"七七事变"后，日本帝国主义发动了全面大规模侵华战争，梁希贤这位爱国军人满怀对日寇的仇恨，随时准备奔赴抗日战场。当时他任国民军营长，随部参加了"淞沪抗日保卫战"，负伤退驻后方医院，伤愈后升为团长，驻防陕西渭南。1938年，调陕西警备第1旅任团长，驻防大荔县朝邑黄河西岸，其间，他在旅长王竣带领下，率团东渡黄河，到山西永济支援友军作战，狠狠打击了南下日军，毙寇百余人。后该旅因功被扩编为陆军新编第27师，原旅长黄埔三期毕业生蒲城人王竣任副师长，梁任该师79团团长。梁对部下和气体贴，关心士兵生活，同时纪律管教非常严格，不许官兵骚扰百姓，提倡就是饿死、冻死，也不准妄拿老百姓的一粒粮食、一件衣服。由于所部军纪严明，驻地老百姓曾几次给他们赠送锦旗、牌匾。

不久，王竣升任80军新编27师师长。1940年10月，梁希贤以功，同时作为蒋介石黄埔嫡系也受到重用，被提升为新编27师副师长。部队东调过河，驻防中条山。梁希贤也被定为"少将"军衔，接受调遣，辅助王师长率军驻守中条山南麓西线平陆地区，配合各方守军，破袭日军运输线，给日寇以威胁，直到1941年正式参加了中条山抗日之役。

中条山位于山西省南部，紧靠晋、陕、豫边界地区和黄河大转弯处北岸，长约160千米，宽约15~20千米，向西屏障潼关、西安，向南屏障洛阳、陇海铁路，向北俯控同蒲铁路，是华北、西北和中原的战略枢纽地带。1937年太原失守，1938年同蒲铁路南端又被日军占领后，第一战区司令卫立煌在黄河北的11个军中，以主力7个军16个师约15万人驻守于中条山区，其中80军及其辖下的新编27师驻守于中条山南麓西部平陆地区。日寇以4个师团等部署于中条山周围，至1941年，敌我对峙将近4年。

日寇进攻中条山，有具体的历史原因。1937年至1938年日军占领平津、太原及同蒲铁路南段后，华北国民党军基本退到黄河以南，在广阔的华北地区，抗日的只有敌后的中国共产党领导的第八路军（后改称第18集团军），以太行山为主要根据地，广泛发动群众，不停息地开展抗日游击战争。1937年9月的平型关战役和1940年秋的百团大战，给了入侵日军以"极大打击"（日军用语），日军震慑于"中共军"（日寇将中国军队区分为"重庆军"或"中央军"、"中共军"及其他地方军三类）的强大威力，认为该军是"华北治安肃正的最大癌症"①，必须"剿灭"，日本"华北方面军的主要任务是剿共"，但中条山地区近20万"重庆军""牵制着日军3个师团，必须首先将其消灭，日军即可全力对付中共军"②，因而决定发动中条山会战。为此，日本"中国派遣军"又秘密增拨两个师团，总共约10万兵力。日军大本营又从关东调来两个飞机战队增强飞行集团，支援地面作战。敌"华北方面军"司令官多田骏的战术是，从其42个大队中集中35个大队的优势兵力，隐蔽企图，将中条山割为东、西两部，重点在西，双重包围，切断退路，黄昏速袭，"在包围圈内反复扫荡，将其全歼"③。

中国第一战区卫立煌部队主力在中条山，本有3年多充裕时间利用有利地形构筑坚固工事，整训部队，蓄锐备敌，但由于最高当局错误决策，上下之间、部队之间矛盾错综，指挥不灵，办事因循，内部摩擦，又因较长时间未遭日军大攻，侥幸苟安，对日疏于戒备。当发现日军增调兵力有攻中条山之势态时，当局军事委员会军令部拟定该战区作战指导的三个方案，其第一方案是主力向黄河南岸撤退，巩固河防，是退却心态。其总参谋长何应钦，缓慢地迈着八字步，到洛阳召开战地会议，指出如中条山不守，则洛阳难保，西安亦危，确定趁敌尚未集中，先行出击，破其攻势。但已失战机，各军部署尚未完成，日军开始进攻了。

1941年5月6日至7日，日军首先轰炸西安、咸阳、潼关、

---

① 〔日〕井本熊南：《作战日志中的支那事变》，日本芙蓉书房，1978年。

② 日本防卫厅防卫研究所战史室：《中国事变陆军作战史》（田琪之、齐福霖译），中华书局，1979年7月第1版。

③ 同上。

郑州等地，并炸断陇海铁路，吸引中方的注意力。7日傍晚，以6个师团兵力在飞机掩护下，向中条山中国军队全面进攻。8日突破中条山中部43军、17军阵地，即向东、西两翼展开，而以西部为进攻重点，向第3军与80军接合部猛攻。梁希贤不顾个人安危，亲到一线指挥，率81团英勇还击。他对部下讲，大敌当前，军人天职是保国卫民，战场上没有个人自由，服从命令听从指挥，抱定牺牲精神拼搏，寸土不让敌白拿。所部先后击退日军数次进攻，坚持一天一夜。激战至次日，日军突破80军右翼阵地，切断了与第3军的联系。80军主力退守台寨（平陆以东，亦称台岩），其下属新编27师依山背水，死守在台寨周围的曹家川、黄家庄、羊皮岭、门坎山、老爷岭、娘娘庙、马泉沟一带。副师长梁希贤原来身患疾病，本应到后方医院治疗，但大敌当前，他毅然决定不离前线，协助师长指挥杀敌。他说，他没别的长处，对杀敌报国自信绝不落后于人。他抱病巡视阵地，用与阵地共存亡、血战到底、卫国光荣的道理，鼓励士兵奋勇杀敌，报效国家。当日军在各种重炮支援下向27师防守阵地疯狂攻击时，27师将士顽强抵抗，浴血奋战。在师长、副师长带领下，全师官兵士气高涨，冒着日军飞机轰炸和密集炮火守卫阵地。战斗激烈，双方反复争夺，损失惨重。经过两昼夜激战，中国军队虽守住了阵地，但外无援兵，人员、弹药无法补给，战力极大减弱。5月9日，在日军持续猛攻下，27师中将师长王竣壮烈牺牲在台岩阵地上。次日，友军第3军军长唐淮源及其12师师长寸性奇也牺牲了。

日寇仅用两天多，全面突入中国守军纵深地带，威逼第五集团军指挥机关向东后撤。5月9日，第一战区司令长官卫立煌电话通知各军，不得已时应逐次南移，至五福涧渡黄南撤，已有渡船。但日寇先头部队于9日上午已至五福涧。此时，80军已与日军苦战两日，伤亡惨重，奉命南渡，以27师掩护主力渡河，坚守阵地，力战不退。27师除师长殉国外，副师长梁希贤、师参谋长陈文杞也壮烈牺牲。中条山东部、北部中国守军也失败退出。

新编27师副师长梁希贤牺牲于中条山之役，但如何牺牲，现有资料说法不一。由郭汝瑰、黄玉章主编，江苏人民出版社2002年出版的《中国抗日战争正面战场作战记》只说"师长王竣、副师长梁希贤、参谋长陈文杞均壮烈殉国"，语焉不详。而1988年5月出版的《铜川郊区文史》第6辑载王庭月回忆文说，新编27师师长、副师长、参谋长三人，在日寇飞机一颗炸弹之下同时牺牲。但另据资料，有人回忆说，渡黄河时在河岸上尚见到梁希贤副师长，这似说明梁希贤并未牺牲在战场的炸弹中。由党德信、杨玉义主编，解放军出版社1987年出版的《抗日战争国民党阵亡将领录》中，署名"凡人"的专篇说："日军层层追击堵截，我军将士拼命厮杀，伤亡殆尽，梁将军见事不可为，不肯被俘受辱，乃只身投入黄河，自杀殉国。"1997年4月出版的《铜川市志》亦采此说："终因敌我力量悬殊，士兵伤亡殆尽，梁希贤宁死不屈，自投黄河，悲壮殉国。"另外还有传说，梁将军因渡河时船少人多，船上拥挤不稳，风大浪急，渡船沉河而殁，但也只是传说。究竟真相如何，未有定论。但梁希贤经中条山抗日之役牺牲，却是真实的。解放军出版社的专稿题名"梁希贤烈士"，不知是否有权威依法认定。1997年出版的《铜川市志》专篇则在文内尊称其为"抗日爱国将领"。2005年12月，团结出版社出版的《中国国民党百年人物全书》在"梁希贤"条目下，说是"投黄河自杀殉国"。

1941年6月15日，日军宣布中条山会战结束，日方统计"中国军队被俘3.5万人，遗弃尸体4.2万具；日军仅战死673人，负伤2262人，达到了占领中条山的目的"[①]，这也有可能是夸大战绩。中国方面未见统计资料。

中条山守卫战，中国为什么失败？中国第一战区守卫部队，本来在兵力、时间、地形、以逸待劳等方面有利条件很多，而日军兵力有限，其远调来之军刚受过八路军百团大战之打击，又报复"扫荡"八路军根据地，远疲而来，仓促入战。但为什么中国守军处处被动挨打，毫无积极主动可言，有利条件荡然无存，甚至没有还手之力？第一战区《会战要报》找了一大堆原因，诸如防广兵单、完全处于内线、被人包围；山崇路崎、交通困难、机动补给不便；无纵深、机动兵团，一触兵罄；武器装备落后，炮兵极缺，无力封锁山口道路，亦无力突破日军封锁；日军使用飞机、毒气，使我军无法坚守；守军各部待遇不一，粮饷有丰有歉，影响作战精神等。但未能触及其根本原因，即高级军事领率机关对抗日战争的消极苟安和腐败衰退，盲目认为日军兵力不足，不会进攻中条山区，而长期侥幸观望，不配合八路军作战，毫无战略战术准备，故而前线一触即垮，成为普遍问题。蒋介石承认中条山惨败是其"抗战史最大之耻辱"[②]。但他可曾想过，这一切罪过都在他身上，他把中国东北

---

① 日本防卫厅防卫研究所战史室：《中国事变陆军作战史》（田琪之、齐福霖译），中华书局，1979年7月第1版。

② 见《蒋介石对晋南作战失败之检讨》，现存中国第二历史档案馆。

送给日本，又和阎锡山把太原失掉，日本的大炮、飞机就是用中国东北和太原的煤炭钢铁制造的，他还骂谁！

但日寇不可能扑灭中国的抗日力量。当国民党第一战区军力被削弱后，八路军的部队又逐渐深入中条山区，继续开展游击战争。日寇"华北方面军"不得不哀叹说："中条山会战以后，在新占据地区内，以前的不安定势力重庆军，被中共军势力取而代之，逐渐渗透到各个方面，治安反而恶化了……作为蒋系中央军扰乱治安基地的中条山脉据点……实际上有名无实，它与共党系统相比活动是极其差的……从此华北的游击战便由中共军独占了。"①

日本侵略者最后当然全面失败了，中国人民终究胜利了。

史志章先生②

和 谷

羊年初夏，我赶回故土埋葬祖母。丧事完毕，趁一个好天气，翻沟上原，去看望史志章老先生。这条如散乱细绳般的土路，我想有 20 多年不曾走过了，似乎置身于以往的梦里。流年不住，而日子当是一种积累，幼年的忆念也就叫你感觉那种莫名的苍凉。

---

① 日本防卫厅防卫研究所战史室:《中国事变陆军作战史》(田琪之、齐福霖译)，中华书局，1979 年 7 月第 1 版。

② 本文作于 1991 年 5 月，原载 1991 年 7 月 31 日《铜川报》。

近年间，我愈是有兴趣问寻原上的往事，追究一些根底，以便揣摸原上人在一定历史时期的生存状态和过程，这不仅是写作的职业需要，精神和认识的渴求以及对人生的思索之教益似乎更甚。与熟识方圆掌故的老先生和前辈攀谈往事，是我难得的"不亦快哉"。

20年可以长成一辈人，却觉得恍若瞬间。眼前的史老先生那种乡间文人的秀才气质犹存，但毕竟年近八旬，耳朵迟钝，手脚也颤颤巍巍的了。他说他看过我写的文章，说写作实在不容易，说他喜好胡乱读些书报。他读线装书，却也知晓一些年轻作家的名字。他说，同官过去文化落后，20世纪初极少有考取"拔贡"的，常是吃照顾名额的"恩贡"。他谈到《同官县志》中记载的明洪武和青将军，谈到党家、席家、寇家、崔家等家族的兴旺，谈到编撰县志的和文宣先生曾是他大伯史彩风的学生。当说到他幼年求学和尔后的经历，不胜慨叹之至。

史志章先生幼年就读于陈炉镇小学，毕业时已17岁。旧时乡村孩子上学迟，加上路途遥远，念书是极不易的。尽管他只上过小学，但国文、历史、哲学的学识似乎胜于如今的中学生，当然也有多年的积累；论写字的话，远非大学生可以比拟。毕业后他在安村教过一年书，便回史家原务农。作为知识分子，他并不安于种田为生，关切时势，忧国忧民之心逐日浓重。

到了20世纪40年代，同官乃西安与延安间政治军事要塞，方圆数十里所谓"红白拉锯"情势非常复杂，史志章先生在一种险恶的时势下，由地下党员史剑北介绍，毅然参加了地下工作，并与同官地下县委书记频繁来往。书记来黄堡时，经一道坡，上东原，到了史家原村，就住在志章先生家里，了解情况，研究对敌斗争。1947年，志章先生由书记介绍入党。

1948年9月，同官县地下县委在志章先生家中开会，为适应对敌斗争，决定让志章先生打入敌人内部。经地下党员张炎隆等四处活动，是年11月，志章先生出任黄堡镇镇长，从事革命活动。史家原成为党的联络点。作为主人的志章先生自然担负着重要联络工作和保护县委同志生命安全的重任。时隔不久，也就是来年正月，黄堡解放。书记指示志章先生，暂时不要暴露身份，以防敌人反扑。志章先生收集枪支，向黄堡区人民政府移交了手续。不过20多天，敌人果然反扑过来，占领了黄堡镇。事前，张炎隆来到史家原，通知志章先生赶快转移家眷。按照指示，志章先生转移了家眷，即到县委见书记，汇报黄堡镇上的情况。书记说，近日他未见张炎隆，让志章先生不要同县委一起转移了，情况危急，不留人是不行的。他让志章先生留在黄堡，以原镇长身份保护党员和群众的安全。又说其他人都"红"了，暴露了共产党身份，而志章先生还未"红"，可以再次出任镇长，并让他赶快回黄堡，重新把家眷接回去，若有人怀疑，就说解放军来时转移出去的。志章先生回家第二天，便第二次出任镇长。他保证了党员的家眷和群众的安全，设法压缩摊派的军粮军款，清除了欺压百姓的敌方所长，掌握情势，迎接重新解放。20多天后，敌人见形势不妙，西逃而去。志章先生被押至耀县，设法逃了出来，上同官找到县委。书记笑着说："这次危险吧？没出什么事就好。"

刚一解放，同官县委书记分配志章先生主管电话总机，志章先生说不懂此行而未接受。后经同意，志章先生被安排在西北军政委员会公安部工作。在此期间，言及志章先生不服从分配，迟迟不予介绍其组织关系。志章先生秉性耿直，一气之下，申请退职，于1952年冬由西安回到家乡史家原村务农。1957年，志章先生任铜川政协委员。多年之后，由于"文化大革命"中被斗、被关，屈冤难平，志章先生于1974年专程去拜访老友。相见时难，曾出证明说他私任镇长，这次却说志章先生的组织关系早已介绍到当时的黄堡区区委书记张耀忠那里去了。5年之后，又出证明说，志章先生是自行脱党。就这样，志章先生的政治生活屡遭磨难。直到前几年才恢复了党籍，回归他40多年前曾为之赴汤蹈火的队列。

人生在世，经历不尽相同。有人一生所奔波的也许只有一件重要的事情，或为物质或为精神，或为名义或为钱财，或为爱或为恨，或为疾病或为香火，其中有多少喜怒哀乐，经几番阴晴晦暝。而史志章先生的一生该如何评说呢？他自回乡务农以来，多年间时有疾病，心胸郁结，几乎不能从事农事；也苦了子女们的前程，顶了多年的黑帽子。老伴呢，也过早下世，好不悲哀。不过，他倒是看轻功名，达观处世，以知识为慰藉，求得心理的平衡。在志章先生看来，历史总归历史，不白之冤尽管历经数载，终是明了。世事茫茫，红尘滚滚，一个单独的人则显得十分渺小。误会和错位是存在的，却毕竟是一些岁月的支流。一个人的经历，不是人生意义的全部，其本质在于心灵的世界。

志章先生从老柜里拿出一部线装《资治通鉴》给我看，这部书已几易主人，恐怕有几百年的历史了。他同我谈及生死观，谈及宗教信仰，我觉得他孤独而又充实。只是他口笨，对话就显得生涩，我只好听他以乡间文化老人的神气不紧不慢地道来。告别志章先生时，我想，恐怕很难有机会再看见他老人家了，不禁有点儿神伤。离开史家原时，正值午后，阳光灿灿，那些桐树便热烈地开放紫色的花，实在壮观。沟野里一处处黄亮亮的草花，我一时记不起幼年时叫它什么了。

（和谷，黄堡镇南凹人，曾任陕西省文联副巡视员，作家）

扎根基层　无怨无悔

王　悦

1987年11月，已经30岁的颜开昌服从组织安排，从黄堡镇民政办回到孟家原村担任村主任。当时的孟家原村，一度班子瘫痪，人心涣散，债台高筑，人均收入不足千元，是一个"烂杆杆村"。面对困难，他没有气馁，而是暗下决心："一定要让家乡变新颜！"

他一边积极团结"两委会"班子，对村企业进行整顿、清理账务，一边扎扎实实为群众办事。为了彻底改变行路难现状，他跑上跑下，协调资金，带领全体村民投工投劳，动用铲车拓宽硬化村级道路20千米，绿化了故里路和直观山坡，同时砌水渠3000多米。他多方联系，组织人力对全村低压线路进行了改造；积极争取水利项目，投资986万元，建成了1250米深的深水井，建成200立方米的蓄水池，供应周边6个自然村的人畜饮水，实施"孟家原流域治理工程"，惠及 1100 亩土地。同时，建成了移动、联通信号塔及农民科技书屋和农业信息服务站，开发建设了"孟姜女故里"旅游点。

他把发展作为村子"丰收计划"的切入点，提出了"栽椒、栽桃、栽柿子，富村、富民、富日子"的口号，建设千亩柿子、千亩花椒、千亩桃示范园基地；成立了农民专业经济合作社，并给优质柿子、桃注册了"孟姜红"商标；启动了农民增收的新产业，先后成立了 8 家公司和 8 个合作社，走农业产业规模化的路子。在他的带领下，2014 年，全村工业总产值达 5200 多万元，人均纯收入 13000 元。孟家原村从一个负债累累的穷村变为远近闻名的小康村。

为官一任，造福一方。他时刻想着为群众谋福利，为党旗添光彩。为改善育人环境，他四处奔波，筹资 150 万元，对村小学教学楼进行了翻修扩建，新建了孟家原中心幼儿园，建立了图书室、广播室、档案室，购置现代化教学仪器，美化校园。遇到群众家里突发状况，村民看不起病、孩子上不起学，他总是伸出援手，慷慨解囊，并组织村民开展募捐。每年，他都会为村上的孤寡老人发放生活补助，为老干部发放退休补贴，慰问军人、老党员、贫困户；每年，他都会组织村民开展争创"十星级文明模范户""敬老模范户"活动，倡导和谐文明的村风。

在他的带领下，孟家原村先后荣获国家级"全国一村一品示范村""民主法治示范村""计划生育协会先进村"；省级"文明村""五个好先进村党支部""综合示范村先进党组织""计划生育合格村""标准化调解委员会"；市级"小康示范村""五个好先进基层党组织""乡镇企业村标兵""电话示范村""信息示范村"。颜开昌也收获了各种荣誉，被评为"陕西省农村百名杰出人才"，"铜川市郭秀明式好干部"，"三个代表"学教活动基层标兵，"小康先进党支部书记"，"铜川市劳动模范"，"王益区劳动模范"等，连续四届当选市级党代表和人大代表。

二十年来，颜开昌扎根于孟家原村这片热土，敢想敢干，一年四季风雨无阻，把一个贫穷落后的小山村，变成了一个远近闻名的富裕型小康村。现如今，他虽然因身体原因退居二线，但依然关心村里的产业发展。

（王悦，铜川日报记者）

族谱的编写者史茂全

和小军

那是一个深秋的下午，如约见到了本文的主人公史茂全。尽管他已年过六旬，满头华发，但依然精神矍铄；尽管他曾有许多称号和身份，如农民企业家、区政协常委、市人大代表、民间收藏家等等，然而，他谈得最多的不是他的个人成就，不是他收藏了多少名家的字画，而是他对家族历史资料的收藏及族谱的编写工作。

生于20世纪50年代初的史茂全，没有显赫的家世，祖父、父亲皆一生务农。父亲共有儿女九人，排行老二的他早早就分担了父亲的担子。像那个年代的孩子一样，他好不容易在镇上的高小完成了学业，想着能跨过中学高高的围墙，去开始新的生活，但十年浩劫让他仅仅上完一个学期的初中，便结束了学生生涯。念不成书，史茂全只好回到原上，继续父辈们的生活。在生产队种了一段时间的地，队里看他个子大，身体好，人也精明，就让17岁的他跟着村上的长辈们给生产队搞副业。所谓的搞副业，其实也就是拉上架子车，从县城往镇上的供销社拉生活日用品，一趟来回七八十里，能挣3块6毛钱；闲时还得参与队上的集体劳动，给家里挣工分。摇耧耙糖，庄稼汉的活，他没有一样不干。

2年后，拉架子车的活干不成了，队上又安排他到镇上的火车站当民工。一个人干几个人的活，既要给队上的人烧水，又要记工分，还要装卸货物。当民工加上给队里干活，一个月下来自己能落个100多块钱，比拉货强得多。钱挣了，苦也没少吃。百十斤的货物，一个人从火车上扛上扛下。

4年后，因政策原因，说好的转正机会没了。史茂全心想，下这么大苦，到头来哪一天人家说不要就不要了，还不如趁年轻学个安身立命的手艺。他就跟上村里的匠人们学习了一个月泥水匠的手艺，然后自己领上村里的一帮人，在铜川的各个地方干起了砌墙盖房子的事，开始只是给农业系统的单位干，后来建筑队的生意一天比一天好，逐渐扩大到柳湾、七号信箱、八号信箱等地。

1982年分田到户，家里的日子好了起来。他就注销了建筑队的营业执照，解散自己带了多年的兄弟们。随着国家政策的开放，周围开办小煤窑的风潮兴起，史茂全又承包了大同沟的庙台煤矿，由于缺乏经验，开始就把前些年的积蓄赔了个精光，后来又和矿务局供应处合作，这才慢慢有了起色。到了1992年，村上的煤矿往外承包，他又以每年20万元承包了下来，原来的矿让别人代为经营。后来，他又将邻村的矿以45万元的价格承包了下来，直到煤矿整合，他才告别干了几十年的煤矿营生，住到了城里。

据史茂全收藏的先祖万寿公墓志记载，明万历八年（1580），万寿公遵从朝廷移民的旨意，带领妻子与三个儿子，举家从四川省迁移至同官县以南40里的景家原。万寿公由于积劳成疾，初到景家原便离世，三个儿子也随即分家，只剩长子史朗和母亲留在了此地。这便是孟家原史姓的开端。

先祖史朗以勤劳双手开荒种地，供养老母，耕读传家。数年后，老母病逝，史朗将母亲埋在了自家的土地内。在明万历年至清乾隆六年（1741）的160余年，由于家道清贫，加之战乱、年馑等原因，史姓多为单传，人丁不旺。

"但史姓先祖们乐读书，屹然不与流俗，颖异有大志，克勤克俭，自力更生，为人正直，淳朴善良，待人诚厚，历无淫盗，男强女贤，尊老爱幼，耕读传家，均无邪恶，其礼仪淳良之风甲于一乡。"

到了清光绪三年（1877），景家原景姓已不存在，而史姓则人丁兴旺，占有土地面积达到东西约1.8千米、南北约1.5千米，景家原也就慢慢变成了史家原。

在黄堡当地有句俗话："上了红土坡，秀才比驴多。"这说的就是孟家原村的史家原组。这里究竟有多少读书人，无人能说清。史茂全所在的家族在明末清初是当地的大户，秉承耕读传家的祖训，史家先祖勤奋读书，将此作为改变自己和整个家族命运的途径。有济众公勤奋好学，考为贡生，其子辉奄依例授修职郎、恩贡进士，其孙景鑑亦为恩贡，孙采风考为拔贡，后世子孙亦不乏精英。

早先，史姓曾有一部家谱流传，全面记载了史门来到此地160年左右的所有经历。但据传是在清末，四川老家来人借了回去，本地史姓后人经阳平关道去四川讨要未果，原有的家谱终是没了踪影。

年幼的史茂全常听村人说起家族的由来，凭着少年的好奇，将内容记下了；又抱着一问到底的态度，经常问祖母，老人家也能说一道二；后又不断追问九爷志章，老人家将有些具体的年事，以及老祖宗的出生年月、去世年月、年龄和生平一一道破。

1978年，堂兄在新庄基取土时，发现一具骸骨，并有墓志青砖一块，上用朱砂书写，他与别人一起将其物让九爷辨认，确定为万寿公坟墓，从而确定了家族的起源。

从此，在经营自己事业的同时，史茂全先后又陆续收藏了第七代永公墓志、第八代济众公墓志、第九代启公墓志、第十一代藻公墓志，以及立于道光三十年（1850）的家族墓碑等等。史茂全四处打听，翻查相关资料，调查了解，拓印碑文，反复校对，历经20余年，先后多次修订，终成家谱。

"祖先们的光辉形象赢得了后人的敬佩，有必要遥忆先世。忘了祖宗，当是大逆不道的事。从明万历年间到现在已经400余年了，家族的变化没人能说得清楚，将自己收集的家族历史整理成册，但愿能对后辈人了解族史起些作用，同时，对大家也有凝聚力，以便启发和学习祖辈德范，激励我们好好做人。"史茂全如是说。

（和小军，黄堡镇南凹人，现供职于铜川广播电视台）

身残德高的好乡医史进胜

王 悦

在王益区黄堡镇孟家原村，村民们像离不开空气一般地需要史进胜，人们都说："看见进胜来了，这病就好了一半儿。"在孟家原，刚学会说话的孩子都知道"进胜"，孩子们都知道"进胜来了要打针"。

今年61岁的史进胜，是王益区黄堡镇孟家原村的一名乡村医生。为了那句"我不能再让乡亲们像我一样残疾了"，他40年如一日，拖着残疾的身躯，行走在十里八乡，用一个医者的仁心守护着村民的健康。40年来，他救治的病人数不胜数，垫付的药费不计其数；40年来，翻过多少座大山，骑坏了多少辆自行车，他数不清。可村里的哪个孩子是哪天出生的，啥时候该打防疫针，史进胜比他们的父母都记得清；全村有多少个接种疫苗儿童，多少个高血压、糖尿病、心脏病患者，史进胜脱口而出……他是孟家原村的"活字典"，更是村民健康的"守护神"。

残疾使他和医学结缘

1952年，史进胜出生在黄堡镇孟家原村一个贫苦的家庭。7岁那年，因交不起5毛钱的学费，史进胜抱着弟弟眼巴巴地站在教室外面听课。10岁那年，父母终于想通，让史进胜上学。天有不测风云，13岁那年，正在教室上课的他突然感觉左腿疼痛难忍，紧接着发高烧。当时，镇上的老中医诊断是风湿，给开了药方。由于没钱买药，史进胜在家里躺了3个月，3个月后腿不疼了，可是左腿怎么也伸不开。再后来发生的事彻底改变了史进胜的命运，当时家里来了一个大夫，看到他的情况，生拉硬扳地想扳直他的左腿。结果，腿没扳直，走路一拐一拐地。看着好端端的儿子变成了跛子，父母心如刀绞，史进胜也辍学在家。

史进胜和医学结下不解之缘，还源于20岁那年的一次求医。1970年，父母抱着一线希望，领他来到铜川市医院，拍了X光片后，医生遗憾地告诉他，腿跛是因为股骨颈骨折引起的，现在骨折的部位已经融合，已无治愈的可能。

"命运对我太不公平了。如果当初没有遇到那个医生，自己一定不会落下残疾……"这个结果，让史进胜万念俱灰。从医院回来，他把自己关在屋里不吃不喝，父母的心里更不好受。第二天，史进胜告诉父母，他要学医，再也不让其他人因和他一样的遭遇而落下残疾。

腿有残疾，史进胜只上到小学五年级，好学的他从亲戚家找来了《黄帝内经》《伤寒论》等书籍，由于文化程度低，书里的文言文看不懂，他就请有学问的姨夫给他翻译成白话文。那时，只要和医学有关的书他都看，有些章节能倒背如流。1970年，史进胜被推荐到村医务室学习，他由保管员做起，了解药性。他刻苦钻研，博览中西医各类书籍，先后自学完成了内科、外科、妇科、儿科及中医针灸、按摩等学科，并在市人民医院、黄堡医院进修，从基础理论到临床实践步步提高。功夫不负有心人，1983年，几番拼搏的他取得了省卫生厅颁发的乡村医生资格证书。

喇叭里"喊健康"的乡医

20世纪七八十年代，这里的人们卫生健康意识差，大多数村人吃的是集雨窖水。由于长期饮用水质不达标的窖水，村民们出现弯腰驼背、脊椎变形、牙黄黑、手脚关节增生肿大的症状，传染病也时常蔓延，有些孩子出麻疹，大人不懂，以为得了不治之症，把孩子扔了的事时有发生。在农村，大多数人对疾病都是轻防重治，像计划免疫这样的事村民们都觉得多此一举，任凭医生磨破嘴跑断腿也没用。

史进胜想了个好办法，他一有机会就用村上的大喇叭给村民们讲计划免疫和常见病的预防治疗，村民们无论是在家里还是田间地头都能听到。至今，许多村民都感慨当年从大喇叭里学到的健康知识。20世纪70年代，麻疹流行，他拖着病腿走村入户，给村民打防疫针，他还利用板报、村民大会给村民讲防疫知识。遇到比较顽固的村民，他还时常上门宣传、拦路宣传。

1975年，村上有个孩子到了打疫苗的时间却没来打针，史进胜便上门给孩子打针。孩子的外婆说什么也不让打，史进胜苦口婆心地给老人讲道理，老人态度坚决地说："你个瓜子娃懂个啥，我养了这些个娃没打针，哪一个不是好好的……"说服不了老人，史进胜不死心，硬是守在村口等老人的儿子回来，最终说服了这家人给孩子打了防疫针。村民们说："进胜这娃真犟，真是个好娃。"

在孟家原村，史进胜被称为"最厉害的人"，谁家孩子不听话，大人会说"进胜来了"，孩子们一听这话，赶紧闭嘴不哭了。

这些孩子出生后，每个阶段的防疫针都是史进胜给他们打的。

孟家原村的"120"

行医 40 余年，谁家有病人招呼一声，他撂下筷子就过来；逢年过节，只要村民一个电话，他 24 小时随叫随到；半夜出门给村民看病也是经常的事。他是孟家原村的"120"，看到他来了，村民们的心里便踏实了。

过去，没有电话、手机，村民有病了，都是跑到医疗站叫史进胜，遇到路远一点儿的，病重的就错过了最佳治疗时间。为了方便出诊，史进胜决定学骑自行车、骑摩托。一个残疾人骑摩托，困难可想而知。

有一年下大雪，全村有 20 多人感冒，史进胜一天跑了四五十里，一会给这个扎针，一会那个跑针了，一会又有生孩子的。从村卫生室到六队的路都是陡坡，遇到雪天步行都困难。史进胜骑着摩托车艰难地行进着，遇到一段结冰的路，他一下子被甩出去好远，当时就昏过去了。还是路过的村民发现了他，要送他回家，可他硬挺着先到病人家。

在出诊和回家的路上，史进胜摔过多少跤、骑坏了多少辆自行车，他也不知道。孟家原村党支部副书记赵九菊说，行医 40 年，史进胜落了一身病，身上到处是伤。而最让史进胜欣慰的是，只要他的自行车、摩托车出了麻达，村民们都争着抢着给他修。

史进胜精湛的医术得到了十里八乡的赞扬，村民称他为"神医"。他救治的病人数不胜数，有想不开喝农药的，他不顾个人安危，嘴对嘴给病人做人工呼吸；妇女生孩子难产的，他冒着风雪，翻山越岭赶到病人家中接生；村里的孤寡老人、瘫痪在床的病人处于危急时刻总能看到他的身影。

病人的事就是天大的事

当年和史进胜一样做乡村医生的同行，有进大医院工作的，有自己开诊所的……凭着医术，他完全可以有许多选择，可是为了当年那个承诺，他选择了坚守。在他眼里，病人的事就是天大的事。

有一年，孟家原村三组一个叫杨旭恒的孩子前来就诊，当时高烧40℃，抽搐、神志不清，凭着多年的经验，史进胜判断孩子得了乙型脑炎。村医疗站条件有限，必须立即送往大医院，否则后果不堪设想。当时患儿父亲外出，家里无钱。那时也没手机，史进胜敲开村民家房门，打传呼叫来一辆出租车，又从自己家拿了仅有的300元，把患儿送到市医院抢救。他和患儿母亲在抢救室守候了一夜，直到孩子脱离危险才回家。

有个村民骨折了，怕花钱不愿去大医院看，找到了史进胜给他看。担心病人又走他当年的路，史进胜急得直喊："赶紧到大医院看，落下残疾一辈子后悔。"他给这个村民讲了他的遭遇，又积极联系医生给他做手术。

村上有个叫杨胜利的村民，在20年前的一次矿难中高位截瘫，家里一贫如洗。史进胜拖着病腿，20年如一日给杨胜利打针、换药。杨胜利欠下的药钱，史进胜都一笔勾掉了。杨胜利有时情绪不好乱发脾气，史进胜就鼓励他好好活下去。杨胜利哭着说："要是没有进胜，我早就不想活了。"

从医40余年来，他每年为四五千名患者诊病用药，从未出现过医疗事故，也从未收过出诊费、诊断费、挂号费、针灸、按摩、骨折复位等费用，他为困难患者免去药费 2 万多元，为患者累计赊垫药费达 3 万余元。

花甲之年的史进胜，最开心的事情就是看到病人经过自己诊治后恢复健康。如今，在史进胜的感召下，他的弟弟、儿子也加入乡村医生队伍，为村民的健康保驾护航。

周占魁的孟原情

李芳琴

戴着眼镜，书生模样的他喜欢读书，喜欢摄影，喜欢民间艺术。

他来了，被这里厚重的农耕文化深深地吸引，迷恋上了这块神奇的土地。这里是桃花盛开的地方，这里是孟姜女的故里。他再也迈不动喜欢行走的双脚，留下了，并深深地扎根于这片多情的黄土地。

梦开始的地方

他有一个气魄很大的名字——周占魁，来孟姜女故里旅游时喜欢上了孟家原。他最初的想法是，在这个空气新鲜、阳光灿烂的乡村，购置一座农家小院，不远处有盛开的桃花，从屋宇间升起袅袅炊烟。10 多年经商打拼的他，厌烦了大都市的浮躁与喧嚣。追求精神品质的他，想有一个宁静的港湾，在读书中，享受世界宁静的那一刻。闲来，漫步田园小路，在桃花盛开的季节，邀朋聚友，畅谈艺术，喝茶聊天，让灵魂与身体返朴还淳。徜徉于孟家原的土地上，面对质朴而苍茫的黄土地，感受着孟姜女故里浓厚的文化气息，他的心绪再也平静不下来了。

在来孟家原之前，周占魁已经是很多人眼里成功的商人了。一直以来，他没有忘记铜川，铜川的山水养育了他，如今，他回到故乡，改变了最初的想法，这里不只是他和几个朋友有吃有玩有书读的地方了。他要用他开拓的思想、丰富的知识、经商获得的利润回报家乡，回报铜川的父老乡亲。

周占魁敏锐地看到，铜川作为一个资源转型城市，孟姜女故里以及"孟姜红"大甜桃具备独特文化资源优势。他要在孟家原创业办公司，建设文化旅游产业综合体，打造农业品牌，开发旅游景区，彰显孟姜女文化的魅力，带动孟家原的旅游发展。这个大胆的宏伟蓝图，在他的大脑里开始运转。2013年初注册资金1000万元的"铜川孟姜女文化旅游产业发展有限公司"在孟家原村挂牌了。

最初听说周占魁的名字，是在一次孟家原桃花节开幕仪式上，那次我随桃花诗社的诗友们一起到了孟家原，参加桃花诗会。在这里，我们发现了一座孟姜女文化展览馆，这座展览馆无疑为喜欢文学的人们注入了一剂清新的文化能量。说实话，除了小时候听大人们讲过孟姜女哭长城的故事以外，对孟姜女其他的传说，以及孟姜女故里知道得少之又少。当我安静地从展览的前言看到结尾，对孟姜女以及孟姜女文化有了进一步的了解和新的认识。当时我就和身边的文友讲，能想到并且建成了孟姜女文化展览馆，这才是真正的文化人的头脑。那时我还不知道孟姜女文化展览馆是周占魁亲自策划投资的，更不认识他。在诗会结束坐车回去的路上，才听人说这个展览馆是周占魁投资办起来的。

当我将周占魁这个名字和他本人真正对上号的时候，已是一年后的孟家原桃花节的开幕式。这次我还是随桃花诗社的诗友们一起来参加桃花诗歌朗诵会。在这次的桃花节上，有一个身影格外地忙碌，不停有人找他，不是问事就是要东西。他跑前跑后地张罗布置，从桃花节主会场到与会单位及来宾的接待，他都亲自处理和督办落实。他就是周占魁。他的公司就是这次桃花节的主办方和承办方。当诗歌朗诵会结束后，周占魁热情地将桃花诗社的所有诗友请到他四面透明的玻璃接待室，并招待大家吃午饭。几十个诗友一下子拥进来，硕大的接待室瞬间变小了。

周占魁就在自己的公司里为诗友们准备饭菜。我本想一锅大烩菜就着馒头吃就非常好了，没想到的是，厨师竟然为每桌都准备了几个菜，一锅一锅地为大家炒细面，还有鲜汤端上来。因为锅灶小，有的人先吃有的人后吃，楼上楼下跑着给大家端菜端饭的周占魁面带歉意并儒雅地向大家解释，这是公司的员工灶，平时几个人吃饭，锅小了一些，让大家久等了。本来就是白吃的，遇上这样慷慨的老板能说什么呢？

这一间长方形的大玻璃房子被隔成了两个房间，一外一内：外室是接待室，空间比较大，地板平整，最显眼的就是空中挂了投影仪，墙上挂了白幕布，随时可以供来客观看视频或者是幻灯片；内室最显眼的就是一个大书架，上面放满了秦代以及先秦文化为主的书籍。书柜过去是一张普通的写字台，不是那种宽大的老板桌。茶几上有一套茶海和烧水壶、茶杯之类的茶具，靠书柜的那面墙上有地图和字画。这样的装配格调，怎么都看不出是一个公司的接待室或者是办公室，倒像是一个有着浓郁的文化气息的沙龙会所。

桃花节后，一个炎热的周末，我和20多个骑友，从老区骑行到黄堡镇，过孟家原去陈炉。骑行到孟家原村的时候，有骑友说，他有个熟人在这里开公司，叫我们去熟人的公司休息一会儿。当我们跟着他停在有两层玻璃的大房子前时，我就知道了他说的熟人就是周占魁。事先谁也没有和他联系，也不知道他在不在公司，我们一群人就呼啦啦地进去了，当周占魁看到我们这些骑行爱好者时，热情地把我们迎进办公室，忙前忙后地烧水沏茶，热情招呼。大家坐在透明敞亮的玻璃房子里，喝着新茶，和周占魁聊着孟家原桃花、"孟姜红"大桃子，临走时周占魁又送给我们每人一本由他资助出版的连环画《陕西孟姜女传说》。公司院子的前方，就是正在建设的温室大棚。12座大棚的银色骨架已完工，在阳光下闪烁着亮光。周占魁简要地讲述了这里大棚的发展趋势，最后又把我们带到了孟姜女文化展览馆，亲自讲解孟姜女的传说故事及秦文化的时代意义和历史影响。我们这些骑行的人，都非常安静地听他的讲解。这是我第三次来到这座展览馆，内容比以前又丰富了许多，墙面上多了文字和彩画，大厅内也多了一个博古架，上面摆放了各种造型的秦代文物，供来客观赏。

辞别周占魁，我们开始爬坡骑行，到了安村，再次休息。喝完水后，大家都从自己的包里拿出了图文并茂的《陕西孟姜女传说》翻看起来。这本书让我们喜出望外，我们这支骑行队伍的成员大多已四五十岁往上了，都经历过小人书的童年时代，今天再看连环画《陕西孟姜女传说》的时候，犹如回到了童年。

意犹未尽中，有人问，周占魁建这个展览馆能挣钱吗？骑友中的一个美术老师回答了他，也回答了我们所有人：周占魁投资的这个展览馆，不会直接给他产生经济效益，展览馆是宣传孟姜女故里的一个窗口。周总开的是文化旅游产业公司，现在只能把他比作一个大手笔的画家，他要在孟家原画出一幅美丽的"油画"来，展览馆只是他先在画布上画出的几笔色彩，现在还看不出画的是什么。一旦他把这幅油画完成，来孟家原看他"画"的人会越来越多，到那个时候，这幅画就不是钱不钱的问题了，它会成为名画，孟家原也会寸土寸金了。

美术老师非常形象地道出了周占魁关于孟家原真实的梦想。这幅油画，已从建设孟姜女文化展览馆和12座现代化的农业大棚开始了。

情系孟原父老乡亲

背着双肩包，我从黄堡镇坐"村村通"便利车去孟家原。车上有3个村民，加我才4个人，司机可能是还想等人，又怕我着急，就没话找话地和我聊起来，问我是不是去孟家原旅游。我说去孟家原找人。话音刚落，前排坐的两个人同时扭头问我找谁，并说他们都是孟家原村的人。我原本就是去孟家原采访周占魁的，趁这个机会和孟家原的村民聊聊也好。"周占魁你们认识吧？""占魁，熟得很。"和我并排坐的村民，年纪稍长一些，他这样说。"看来你们都和周占魁很熟？""熟么，经常去他公司喝茶。"他们你一句我一句停不下来了，说周占魁不像个大老板，不能见恓惶人，见谁都想施舍，尤其是对待村里老人又有爱心又有孝心。

孟家原村和所有的普通农村一样，年轻人基本都外出打工，村里老人儿童多。老人大多没有手机或其他通信设施，有事了、想和在外地打工的儿女们说说话，都要找人替他们打电话或是借别人的手机。周占魁来到孟家原村后，看到这个现象，便把老人和儿女通话的事揽了过来。他不但让老人们在他办公室给儿女们打电话，有的小孩想爸爸妈妈的时候，还可以在他的电脑上和外地的父母视频聊天。

渐渐地，村里的老人不把周占魁当外人了，有的人把他当儿子一样，向他倾诉心声、拉家常。他们不仅仅是打电话时去找周占魁，和家里人生气了、有矛盾了也去找他诉说，他就会耐心地开导老人，常用换位方法和老人解说，老人心里的疙瘩解开了，就高高兴兴地走了。有的老人生活困难，儿子一走几个月也不怎么给家里寄钱，甚至连信都不捎；有的老人情绪焦虑；有的老人管不了孙子；有的老人体弱多病……看到这些情况，对焦虑的老人，他会安慰和开导；孙子不听话了，他会替老人管教孙子；对体弱多病的老人，他会给钱或是帮着买药。所以村里的许多老人喜欢去找周占魁聊天，他们没有把他当老板，也没有把他当城里人，而把他当成了自家的亲人和儿子，有事没事就会到他的公司里去转转，他在就和他说说话，他不在公司，他们就随意走走。只要他在公司，无论再忙，都会亲热地给老人们沏茶倒水，有什么吃的就拿什么招待老人。天热的时候，只要有老人去他的办公室，他就赶紧开空调让老人凉快；冬天的时候，他看到老人们在太阳底下晒暖暖，也会蹲在跟前，陪着他们聊聊天。在聊天中，知道谁家有喜事了，他会送上一份贺礼；知道谁家有困难了，他就会尽力地去帮助人家。

一路上，他们都在讲周占魁助人为乐的事。看来，他在孟家原村，和村民们已经打成一片了，不然能有如此口碑？

车快到孟家原村时，石姓村民对我说："你去村委会，他们知道周占魁的事更多。"于是，我在村委会门前下车了。

在这里，我见到了孟家原村的赵书记，一眼就能看出，她是一个干练、能力强的农村女干部。当她知道我的来意后，第一句话就是：周占魁是一个有良心的好人，他可没少支持村里的工作。从我们谈话的办公室向外看，一所漂亮的幼儿园映入眼帘。她指着幼儿园说，周占魁来村里后，每年都为幼儿园捐款捐物。

其实我更想知道的是一些具体的事例。我便问女书记："周占魁给的是钱还是物品？"她说："每次捐的都是钱，还有书包，一次100个书包。"

其他人听到书记在和我说周占魁，也都围过来，七嘴八舌地说开了。他们说到前不久周占魁为村里老人送温暖的事情。周占魁到孟家原村办公司后，过年的时候，都会给村里80岁以上的老人送去温暖。去年他送的是钱，心想老人想买什么，随自己的心意就买了。可是，老人捏住钱后都不舍得花。周占魁知道情况后，今年给老人们送去的是米、面、油，要让老人得到实惠的温暖。

正说这个话题呢，一个声音从人群中传过来了：周占魁还给每家用地户都发红包了。我循声一看，说话的是一位70多岁的老人。我不清楚用地户是怎么回事。女书记解释说，周占魁公司的用地，租谁的土地，谁就是他的用地户。我问，不是交租金吗？为什么还要给他们红包？旁边一村民说，周占魁就是一个大善人，快过年了，他额外地给用地户发钱，是他对用地户的一份心意。又有人接话了，说一家一个红包，算下来他拿的钱也不少。我知道，在农村这片土地上，能被称作是"大善人"的人，是非常有分量的。

女书记给我讲了一件她亲眼所见的事情，并强调说，她最少亲眼看见了3次，没有看见的还不知道有多少次。她说，周占魁只要遇见村里五保户杨俊仓老人，就会掏出100元或者200元钱给老人。我问女书记，周占魁是当着你的面给的，还是在你不知道的情况下给的？女书记说："周占魁没有看见我，我是路过或是远远地看见的。"

我提出要去见杨俊仓老人。女书记说，前不久老人才被送到了王益区养老院。就是去见了他，也问不出什么，他耳背，还半痴呆。周占魁给他钱，他也不认识周，也不知道是谁给他的钱。

一位村干部向我说了两件事情。一次，他坐周占魁的车去黄堡镇办事，在路上遇见了一个农民，躺在路边，周占魁看见了，立即停下车，去救助这个农民。这个农民刚好是孟家原村的。村干部了解这个农民的情况，说可能是低血糖病犯了。周占魁二话没说，很快开车买回来矿泉水和面包，并开车把这个村民送回家。还有一次，公司的员工小曹开车去市里办事，在路上看见了一位浑身有血的伤者，他本能地停下车想去救助，突然又停住了，因为他开着公司的车，怕招来麻烦，可面前的伤者也不能不救治。他马上打电话请示，周占魁毫不犹豫，让他立即去救人，自己马上就赶过去。

辞别了女书记和热心的村干部，我沿着村子的大路朝周占魁的公司走去。在路上我遇见了一个村民，扛着一柄长把的镰刀，手里捧着一只音乐播放器，里面传出好听的草原歌曲。他棉袄衣襟敞开着，里面是一件破旧的红毛衣，头上戴了一顶一把抓的黑色毛线绒帽，晃动着身体，迈着大步，缺了两颗门牙的嘴笑得是那么的满足。现在很少看到有人笑得这么干净和纯粹。他的笑容感染了我，我也朝他笑着。他停下来问我几队的，我说不是村上的。我指着他的播放器，问谁给他下载的歌，真好听。他回头向我指了指前方的玻璃房子。我又问了他一句："是周占魁帮你下载的歌吧？"他仍然笑着："就是的，我刚从占魁屋里出来，他给我这里头装的歌，还有秦腔哩，我爱听秦腔，还有《梁秋艳》哩。"

人的快乐有时其实很简单，就是做自己喜欢做的事情，或者被其他人真诚对待。

周占魁，几个公司的董事长，能俯下身子，为身边的老人和孩子做一些力所能及的好事，又被村民们接受和认可，他也是快乐的。

父辈的言传身教

周占魁，祖籍河南许昌，祖辈们以传承木版画门神和年画为生。中华人民共和国成立后，土改时周家人分到了土地，有了土地耕种，就不再做木版画了，从此都回归于农民。虽然职业转换了，但是父辈们骨子里的善良美德以血脉相承，被一辈一辈传承下来了。

在河南农村时，周占魁的父亲就常帮乡邻的忙，或给邻居老人挑担水，或帮忙劈个柴火，或帮人口少的人家推磨打场，所以在乡亲的眼里这是个不惜力气的忠厚小伙子，有着好人缘的名声。在他们村里，有一周姓的老大爷，儿子在铜川矿务局王石凹矿下井，他常在父亲来信里看到父亲提及一个小伙子的名字，说这个小伙子又给自家推磨了，又帮自家挑水了，又去集市上帮自家捉小猪仔了。

周大爷的儿子记住了这个小伙子，他想报答他，机会来了，王石凹矿要招新工人了（那时矿上招工多数是靠工人回乡去带人来），就这样，周姓老乡从老家带来了周占魁的父亲。

父亲来王石凹矿下井的时候，已经是两个孩子的父亲了。父亲安排妻子孩子们住在一孔借来的小窑洞里，家算是安定下来了。父亲遵守组织纪律，从不要求组织照顾，理解矿上的住房紧张，利用工作之余，自己动手打窑洞。先是打了一孔小窑洞，随着孩子们长大，在原窑洞的上面又打了一孔窑洞，当第五个孩子该上学的时候，又打了一孔新窑洞。至此，他们有了复式的三孔窑洞，也就是窑洞上方有窑洞，窑洞上方还有窑洞。父亲疼爱他的孩子，不想让孩子们居住得太拥挤。

在周占魁刚懂事的时候，他就记得父亲经常带河南老家的乡亲们来矿上工作，每次一带就是五六个壮小伙。那时候的矿区还处于建设中，没有招待所，食堂还是按月按量供应口粮，父亲带来的人只能是吃住都在他们家里。这样一来，他们兄弟又都挤在一起睡觉了，腾出的窑洞让老家来的人住。全家人一个月的口粮半个月就吃完了。经常过这样的日子，母亲就开始埋怨了。家里有五个孩子，四个都是男孩子，他们正是长身体的时候，总是吃了上顿没下顿。可是父亲还是让母亲想办法给几个同乡弄吃的。母亲埋怨归埋怨，还是想办法给老家来的人做吃端喝，因为她也是一个心地善良的女人，她更没有忘记，他们一家来矿上也是老乡带出来的。

实在没有粮食了，父亲就去买黑市粮食，那时买黑市粮食，都是天不亮出去，到天黑透以后再摸黑回来，如果被人看见了，就会按投机倒把处理的。有一次，周占魁的父亲去黄堡买黑市粮，由于路途太远，回来时没有赶上王石凹的拉煤火车，背着几十斤的玉米，摸黑赶路钻隧道，走了一夜才到家。那个晚上，全家人一夜都没有合眼，五个孩子围在母亲的身边，焦急地等父亲回家。家里经常要买黑市粮食，有时，懂事的哥哥们也会陪父亲一起去。尽管家里的粮食经常不够吃，地方不够住，但父亲从老家带人来矿上工作的事情持续了很多年。尽管父亲上的学不多，可他懂得做人的道理，他教育儿女们要好好学习，做有知识的人，做对社会有用的人，做善良懂礼貌的人。他也教育他带来的那些亲戚和乡亲，做好人做有爱心的人。他的儿女们进入社会后，都非常优秀，在各自的事业上都是成功人士。他从老家带来的这些人，有些在矿上干到区长、矿长甚至当上了局级领导。

在这样一个有着大爱的家庭中长大的周占魁，对他身边年迈的老人，对年幼的儿童，对不认识他的痴呆老人，都毫不吝惜地付出爱心。这爱心与他成长的环境和父辈的教育是分不开的。

由此，我想到了周占魁的儿子小周，一个心态非常阳光的男孩。

去年国庆假期的一天下午，王益区文化局的骑友打电话，说他有事不能去骑行了，让我带周占魁的儿子小周去，还说孩子一直生活在西安，对铜川的路不熟悉。我直接就说，还是不要带了吧，出个差错都不好说，现在的孩子也不好管，只图他高兴，一旦骑上车子你根本驾驭不了他。骑友说这个孩子比较听话，决不会乱跑之类的好话，最后只好答应，约好时间、地点。

第二天早晨8点前，我在矿务局大门前等候。差5分钟8点，一辆越野车停在了我面前，周占魁从车上下来了，很客气地说，他把儿子带过来了。一个十五六岁，戴着眼镜，穿件银灰色户外服的男孩站到了我面前。

之前在电话里该说的都说了，其他的话也不用多讲了。我没有看到车子，就问，车子呢？周占魁说车子在车上呢，说着把自行车从越野车的后箱提了下来。原想，孩子会骑着车子自己来的，没想到还用汽车把车子驮过来。有钱人家的孩子就是金贵，开着越野车送孩子骑行，这是我当时的想法。

我们一行男女十几个人，一口气骑到了铝厂后沟才停下休息。我问小周，累了吧，喝点水。

孩子擦着汗水，非常阳光地说："阿姨不累，我很小的时候，我爸就带着我哥和我一起骑车子，打羽毛球，爬山锻炼。"

大家已经看出了，这个身形单薄的初中生很能吃苦，并且非常阳光，所以都和他聊了起来，知道他在西安高新区上学，在西安也常骑自行车锻炼。有骑友说："以后你要是来铜川了，就和我们一起骑车吧，你看我们大家都喜欢你。"孩子答应得很爽快："好！"

我说："以后再骑行的时候，不要让你爸开车送你了，就自己骑着车子来好了。"

孩子有些不好意思了，说："我本来不让我爸送的，我不知道矿务局在哪里，我爸怕我从王家河出来瞎找，拐来拐去耽误时间，你们还得等我。"

我释然了，原来周占魁不是因溺爱孩子而开车送来，他是一个珍惜别人时间的人。

我们骑行到了目的地，舀出清凉的泉水，三块石头架着小锅，烧水沏茶煮方便面。大家分头忙起来，洗菜，烧火。大部分人都去找柴火。因为我们搭了两个灶，一个用于做饭，一个用于烧烤，所以得拾大量的柴火。谁都没有吩咐小周去找柴火，可他也不知从哪儿捡了一捆干柴回来，也忙着往灶里添柴火，不时地鼓着腮帮子吹火，白白的小脸上抹得一道道黑灰。看到这么可爱的小男孩，大家友好地笑起来，他也跟着大家开心地笑着。

水烧开了，热心的骑友让小周把水杯拿过来，要给他倒水。我此时紧张了一下，怕这个孩子不会接受这锅水。刚才骑友在泉边舀水的时候，他就在旁边看着呢，水面上漂了一层蚊子，骑友只是在水面来回拨动了两下，不免会舀到蚊子的。我的担心是多余的，这个孩子没有犹豫地向骑友递过去了水杯。第一锅方便面煮好了，我把一次性纸碗递给这个孩子，他没有接，非常懂事地让大人们先吃，自己要最后吃。

我们经常骑车子来玩，这里有我们的石桌和石墩，大家围在一起，把从家里带来的食品放在桌子上分享，这个孩子也把他带来的好吃的好喝的放在石桌上让我们吃。他愉快地吃着大人们带来的白烧饼，喝着刚才烧的泉水。等到从灰堆里扒出黑炭似的洋芋和被烟火熏熟的苞谷棒时，他也和大人们一样剥开洋芋的黑壳，吃得津津有味。

吃完喝完要出发了，骑友们按计划要爬一个几千米的大坡到云梦，再从305线骑到市区。我征求孩子的意见，问他爬大坡行不行，如果吃力，我就带他从来的路上返回去，我们就不用爬坡了。孩子坚定地说："没问题。"的确，这个孩子无论爬大坡或是下大坡都没有掉链子，让我们很放心地回到了市区。

虽然和小周只相处了一天，但我们看到了他的随和与善良，尤其是从他的行为和细节方面，我看到了他内心的干净和朴素，丝毫没有养尊处优的那种气场。在这一天里，他无数次提到了他的爸爸，跟着爸爸看什么，跟着爸爸学什么，跟着爸爸做什么，由此颠覆了我对现在孩子的刻板印象：自私、矫情、懒惰。事实证明，孩子的成长确实与家长的言传身教有着密切的关系。从小周的身上，不难看出周占魁是一个教育有方的优秀父亲。

身在商场多磨难

周占魁从学校毕业后，被分配到咸阳物资局。他非常珍惜这份工作，努力钻研业务，不断地在工作中提升自己的业务水平。就在他工作和业务都很顺利的时候，也是他对人生前景充满美好憧憬时，人生的轨迹在一夜之间改变了。他和同事们都下岗了，他的心情是恐慌的，但是他在很短的时间里接受了现实，并很快从下岗之痛中走出来了。

要生存要养家，必须干事，调整心态后的周占魁决定做生意。就在他考察市场的时候，有熟人来找他合伙做生意。从未接触过生意的他，怀着信任和感激的心情，拿出家里本不多的积蓄，爽快地答应与熟人合伙做生意。他们合伙的一共是五个人，那个拉周占魁入伙的熟人，是他们的小头头，也掌管财务。一年中确实也做了几档买进卖出的生意，也见过几次碎银子。每次领少得可怜的薪金时，合伙人都会踌躇满志地说，这些钱是少了点儿，到年底一次给每人一个大金娃娃。他们风里来雨里去，风尘仆仆地进货销货。到了年底，库房的存货也销售一空。大家兴奋地等着分红时，管财务的小头头对大家说，对方的账已冻结了，年后对方的账一解冻，马上给大家分红。年后，一等再等，还是没有拿到钱，合伙人中有人开始怀疑管财务的人了。然而，周占魁还是坚信熟人，可能对方真的没有给钱。直到有一天，再也找不见掌管他们财务的人时，他才知道，真的被他信任的熟人骗了，一败涂地。

沮丧的周占魁在家人和兄弟们的帮助鼓励下，决定自己做生意了。他利用对铜川熟悉的优势，把煤运往咸阳和西安的用煤企业，挣中间的差价。虽然利润很薄，养家是没有问题的。

做了两年左右，手里也有了一些积蓄，经不住熟人买房向他借钱，出国向他借钱，特别是那些说父母生病、为父母治病的人借钱，他是有求必应。心地善良的他见不得熟人和朋友张嘴，然而这些钱多数打了水漂。做生意忙忙碌碌，人累得黑天昏地，他手里还是没有积蓄。

随着国企一家一家倒闭，煤也送不成了。周占魁又转向给建筑工地送水泥，送水泥是个苦差，在水泥厂装车要等，有时一等就是一天一夜，送到建筑工地时，还不是每车都结账，运气好的时候，一月结一次，经常是一季度结一次，有时候甚至半年结一次。一个月拉不了几趟水泥，资金倒是压进去不少。为了节省开支，周占魁多数都是自己开车，有时实在累得睁不开眼睛了，才临时雇司机帮着跑几趟。拉水泥挣了一些钱，但是投入的资金太多了，经常要在哥哥那里周转资金，他不想总麻烦哥哥，所以水泥生意不做了。

接下来，又有朋友要和他合伙做生意。这次是他在生意中认识的朋友，他是相信他们的。看准房地产行业升温，周占魁又把他几年来汗珠子摔八瓣挣的钱拿出来，和朋友合伙做钢材生意。利润虽然很薄，但也挣到了钱，周占魁还是满足的。他们看好钢材市场，每人又加大了资金投入。由于他们供给客户的钢材都能保质保量，信誉得到了商户的肯定，所以常能拿到订单。一次，他们又拿到了一个大订单，房地产公司对钢材的标号和质量在合同中标注得非常明确，必须是达标的优质钢材。令他们谁也没有想到的是，去采购钢材的人为追求利润，私自改变了钢材标号，购买回的是劣质钢材。周占魁看着站台上堆如大山的锈迹斑斑的劣质钢材，心跟刀绞似的疼痛。这批钢材是决不能运往建筑工地了，就是把这几年挣的钱全部砸进去，也不能做坑人违法的事情。在周占魁的坚持下，这批钢材以低于购买价的价格，卖给了泾阳县菜农，他们用这些钢材加固蔬菜大棚。

这次的钢材投入，让他们血本无归。周占魁从一个有钱人，一夜间变回穷人。但他心情是安宁的，甚至庆幸自己的坚持。假如那批劣质钢材流进建筑工地，他这一生都会良心不安。钱没有了，可以再挣。

痛定思痛，周占魁重打锣鼓另开张。通过多年的经商打拼，真有那么几位朋友看好周占魁。他们从资金上帮助他，还帮他找门路、拉关系，寻找他能做的生意，经过市场调查，他们看好了正在兴起的超市。周占魁多次往返陕北的各个县乡，寻找优质的农产品，投放超市。超市老总被周占魁的真诚打动了，也被他带来的陕北优质大红枣和黄灿灿的小米所吸引。周占魁的陕北名优土特产加工厂开业了。由于他投放的产品质量有保证，从一家超市做到多家超市，从单一的陕北大红枣、小米，到多品种的优质农产品，他的工厂平稳地前进着，超市投放量也在稳步增加着。周占魁的生意有滋有味地做起来了。

一天，有一个姓王的房地产老板找到了周占魁，来商谈合作生意。王老板看中了周占魁的人品，一直想寻找机会帮他一把。因为上次就是给他们工地进钢材的，他见证了周占魁宁可倾家荡产，也决不让一根劣质钢材流入施工单位的坚持。王老板接手了一项钢幕墙工程，想交给周占魁来做。周占魁听后，虽说非常兴奋，但他还是不无担忧地说了实话。他说，从来没有接触过这个行业，怕做不好。王老板对他信心十足地说："业务和技术不会可以学习，我看中的就是你的人品，我把工程交给你我放心，你就大胆干吧。"

周占魁把工厂和超市的工作全盘交给了副手，开始进入新的行业领域。他原本就是爱学习的人，再加上勤奋钻研，虚心请教有经验的工程技术人员，经过半年的施工，钢幕墙工程按时保质交工了。从这个工程开始，不断地有人来找周占魁做钢幕墙工程。西安交大、西安医学院等几所大专院校的钢幕墙工程都是周占魁的公司施工完成的。他在做钢幕墙工程这一领域里，已经很有名气了。

在经商的路上，周占魁打拼了10多年，钢幕墙工程也做了10年了。一路走下来，他的资产数额可观。随着资产增加，他的思想也在不断地升华，他渴望精神文化的滋养。周占魁祖辈们是做民间木版画的，他的血液里流淌着美的艺术因子。他想在民间文化艺术方面干出一番事业，他带着炽热的感恩之心又回到了铜川。

宏伟蓝图畅想曲

周占魁办公室里坐着一个人，与他年龄相仿，也戴副眼镜，两人大体相像，我以为是他们兄弟中的一位。周占魁介绍说是他的朋友。这位朋友也热情地说，他俩是从小玩大的发小，自己现在在沈阳开公司，年底了，回铜川父母家过年。由于长年在外地经商，距离远，对周占魁现在经营的公司也只是一知半解。

我们都想知道周占魁接下来在他的画布上会怎样运笔。

周占魁带着我和他的朋友漫步在孟家原村，冷风呼呼地从脸前吹过，有种透骨的舒服，我非常喜欢在这样的冷气中行走。从他的公司望去，一条笔直的大道通向远方。他说，在这条大道上，已设想过无数次，以秦文化为背景，建一条秦代古建筑文化街，展现秦代不同时期的地域风情。他的朋友说，这是个不错的想法。

我们继续往前走，到了一个宽一点的地方。周占魁四周转着看了又看，然后说，前面那个地方，可恢复建设孟姜女故居，将孟、姜两家的土窑洞、院墙、门楼修葺，还原大葫芦生女，再现孟姜女传说；在离故居不远处，塑一座孟姜女望夫汉白玉雕像，体现孟姜女对丈夫回归家园的渴盼。

我也感到这是当下急需做的事情。我来孟家原多次了，也和朋友们常谈到这个问题。孟家原是孟姜女的故里，人人皆知，可是来了之后没有任何地标性的东西。周占魁来这里就是做旅游文化事业的，他首先要打造的就是孟家原乡村景观，作为旅游目的地。

到了孟姜女文化展览馆，周占魁说，这个馆在适当的时候可扩大，重点展示孟姜女传说故事，包括孟姜女传说故事的史料、有关传说遗址的照片以及连环画。接着他又向我们介绍说，在秦文化古街道，可以展示和出售农产品及各类小吃。我仿佛看到了从许多店铺升腾起来的团团热气，还有熙熙攘攘的人群，甚至能闻见葱花的香味。

一路走下来，随着周占魁的描述，我的脑海里已经有了一幅很清晰的旅游规划图。对，就像我的骑友美术老师说的那样，是一幅很美的油画。这幅油画上面除了周占魁设想那些景点以外，在一片幽静的地带，还有一座三秦书院，建筑结构是仿秦式的，国学老师在这里传授中国传统文化。在秦文化古街上，有一家传统婚礼体验馆，是关中式的院落。婚嫁礼仪是传统结婚待客模式，有秦式服装和红红火火的花轿队伍与仪仗队。在秦文化背景的街道上，必须得有秦人生活起居馆，展出秦人服饰、饮食和生活用品，还有秦时的交通工具。我最感兴趣的建筑，则是在景区地势较高处，建一座仿秦楼台式的观景楼。游客登上观景楼，可将孟家原的美景尽收眼底，特别是在桃花盛开的时候。

周占魁不仅在秦文化和孟姜女文化园区上面下功夫，在农业园区建设方面同样下了大力气。他集思广益，要打造建设农业产业园区，计划建草莓园及其他果蔬园，还有休闲和娱乐的场所。要想留下游客，农家风味餐饮、农家风格的窑洞一定要打造出特色。有吃有住，还能让游客进果园，亲手采摘鲜果，让游客体验和享受采摘果子的喜悦。喜爱桃花的游客可在每年的4月中旬桃花盛开的时候，来参加孟家原举办的桃花节；在5月至8月，还将定期举办市民畅游桃花园、采摘鲜桃等活动。这样，孟家原不仅能吸引铜川市民前来旅游，也可辐射吸引山西、河南、甘肃等地的游客来观光游览。让来这里的游客，不仅体验到秦文化和孟姜女文化，还可将孟家原的"孟姜红"带出铜川，推出陕西，走向世界。

听周占魁兴奋地向我们描绘心中孟家原未来的美景，我心潮澎湃，这确实是一幅巨大的宏伟蓝图。我问，这么宏大的工程，得需要多大的力量和资金？他说，孟家原的企业也有许多家了，他想牵头联合这些企业和孟家原村委会，还要靠政府的支持和社会力量，共同来做这个工程。

我又说："你已经投进去了 600 万元了，还要投入多少，你还有两个儿子呀？"周占魁似乎纠结了一下，很快就果断地说："我认定的事情，我会坚定地做下去。钱小做小事，钱大做大事，但是不能不做事。"

这就是周占魁，一个看上去书生气很浓，但心胸比海还要宽阔的儒雅商人。

我们站在周占魁公司前方的 12 座大棚前看到，大棚已全部覆盖上了无色透明的阳光板。阳光正好，太阳板上泛起了亮光。透过无色太阳板，能模糊地看到里面是盎然生机的绿意。

周占魁的朋友看着眼前恢宏的大棚，感叹地说，小时候从来都没敢想过的事情，现在他们做到了。

从他们的对话中，我仿佛看到了流动的画面：在矿区，有两个小男孩，他们一起提着篮子去石矸矿拾煤核；在老师的带领下，徒步去陈家河矿参观霸王窑；在放学的路上趴在黑黑的路上打弹子，摔纸叠的"面包"；放学了不回家，坐着王石凹矿独有的索道电车，上下玩耍。

告别这两人后，我去见了周占魁公司的办公室主任，在他的"企业文化"文档中，搜罗了周占魁公司成立 3 年来所做过的实事：

12 座温室大棚，经过春夏秋冬的更替，也经历了多次的试验栽培，已种植了 10 多种南方水果和立体无土草莓。

醒目的全景观玻璃办公楼及全景观展厅接待室建成并已使用。

孟姜女文化展览馆在公司刚成立不久就创建起来了，它是铜川第一个村级文化展示馆，以画展、实物和图片的形式，全方位展示了秦时期的文化、百姓生活、风土人情和孟姜女传说故事。

周占魁重视文化，关注教育，深知亏啥不能亏教育，苦谁不能苦孩子。2014年6月，他资助孟家原村小学教育资金4万元，用于校舍建设、学生学习用品的购置。

2014年8月，周占魁与电信公司联合开办了孟家原信息服务中心，创立了孟姜女文化网站、微信平台，为大力宣传孟姜女故里提供了优质的网络宣传平台。

2015年正月十五，在王益区方舟广场举办2015年迎新春猜谜活动，颇受王益区群众的青睐。

2015年4月，在孟家原村策划和承办了"天翼杯"桃花节。在桃花节期间，成功举办了桃花诗会、桃花摄影大赛，为诗歌爱好者、摄影爱好者提供了展示才华的平台。

为加大宣传孟姜女故里力度，让更多百姓知道孟姜女传说故事，周占魁经多方面采集信息，请著名学者秦风岗老师撰稿，画家曾如意绘画，筹资出版《陕西孟姜女传说》连环画。

2015年6月，公司赞助举办了孟姜女文化研讨会。

在鲜桃成熟期间，公司组织百姓参与采摘节活动，同时宣传孟姜女故里文化，不失时机地把群众性的文化活动搞起来，为喜爱秦腔的戏迷们举办了一场别开生面的大型秦腔比赛，让秦腔爱好者过了一把秦腔瘾。

周占魁率领公司员工，代表铜川王益区参加了2014年、2015年陕西省丝绸之路文化旅游博览会。

公司开办了以收藏有关秦代以及先秦文化书籍为主题的秦书馆，为进一步研究孟姜女文化和秦文化提供依据。

创办了秦陶泥工艺馆，邀请青年陶泥艺人杨飞，在工作室制作以秦文化和孟姜女文化为创作内容的泥塑和陶工艺品，向游客展示先秦文化。

为青年画家曾如意建立了以秦文化民俗和孟姜女文化为主题的绘画工作室，绘制展示孟姜女故事的连环画、孟姜女故居图，并进行相关内容的考证。

2015年10月，公司与铜川市委宣传部、市文化广电新闻出版局、市文联及宏显传媒公司合作，组织参与了多项文化宣传和演出活动，进行孟姜女文化建设及传播，推动孟姜女文化旅游产业的发展。

周占魁怀着对孟家原这块黄土地的深情，以弘扬孟姜女故里文化之根魂，热忱地带领着文化旅游产业公司的员工，迈着稳健的步伐前行。周占魁说的那句话，"钱小做小事，钱大做大事，但是不能不做事"，是他做事的信念，也很励志，让我不时想起。正如那位美术老师说的那样，周占魁是在作画，从公司成立之日起，一直不停歇地作画。

尾声

在春寒料峭的季节，有一种草儿在悄悄地生长，不管环境是优越还是恶劣，也不管是阳光灿烂还是云雾弥漫，倔强地兀自开放着。周占魁就像春寒料峭中的草儿，低调顽强，不图回报，执着地做着自己想做的事情。他把做工程的收入、给超市供货的利润，都用在孟家原文化旅游产业开发上。正如王益区文化局张孟虎说的，周占魁是在做事业。虽然他现在做的事情还没有完成，也没有得到多少经济效益，但是他的做人和他的事业已经成功了。他做事业的过程，对孟家原和铜川已经是贡献了。

成功在等待有准备的人，是金子在哪里都发光。现在，建设孟姜女故里的时机已经成熟，一个崭新的孟姜女故里出现在世人面前。

（李芳琴，陕西省作协会员）

读民全的农夫诗[①]

和　谷

40多年不见的初中同学，在电话里自报名字，还可以听得出他是哪一个，可见年轻时有些事会终生铭记的。他叫石民全，"文革"串联时，与他及另外几个同学徒步去过延安，其情景至今历历在目。他家成分高，没有机会出来做事，在农村待了一辈子。他说，今年的水蜜桃下来了，让我回去吃桃。于是，我从城里赶回乡下，在细雨中打的，直奔他家。

他家与我家隔一条沟，在孟家原村委会隔壁，下个小坡就是。他老婆在路口等着，一见如故，说民全到地里摘桃去了，领我进了家门。少时，民全回来了，二人的第二次握手，时光竟然悄悄溜走了大半生，世事道是有情却无情。吃着桃说话，才知道他闲暇时喜

---

①本文作于2014年8月10日。

欢写诗，并整理了一本《农夫诗选》，让我看看。

在回城的班车上，我是一口气读完这本诗选的。因为出于熟悉又陌生的作者，便不同于读一般的诗集，可谓五味杂陈，感触颇深。

从诗中可以读到别后多载，老同学的生存境况和精神生活的履历，其间有喜怒哀乐的种种情形。当苦力，下煤窑，种庄稼，务桃园，为上辈人养老送终，将下辈人抚养成家，忙忙碌碌，一转眼已经是花甲之人了。尽管我们之间从年少之后，各自的生活方式不同，境遇也迥然有别，但心灵的轨迹大致是相似的。他的诗作，所透露出的人的情感世界，与农夫或士或工或商，是没有阻隔的，是相通的。古今一理，怎么也是一辈子，只是其间的景致各有千秋而已。老先人也说，世为农人好，但谁人不是期盼子孙跳出农门，去奔功名利禄。世间唯有读书好，天下不无吃饭难，各人的心情只有各人最知底。古代圣贤陶渊明的桃花源，只是千百年来人们理想中的一个隐士之梦罢了。

民全的诗，与陶氏及传承者的田园诗不同之处，在于他始终没有离开过田地，一直是田地上的劳作者；与《诗经》里的民间诗歌也有区别，那是经采诗官甚至孔子收集整理的，更富于经典性。民全的诗，基于自己的真切感受，是一些土坯与砖瓦，起到了支撑田园诗的骨骼作用，还来不及装饰外观形式；是原生态的没有转基因的果木，香甜可口，无异味。或者，它也不同于当今所谓诗坛或农民诗的面孔，是他的血管里流出来的农夫的血，有风的语言痕迹，有古体诗的影响，有传统文化的元素，也有民间底层甚至个人家事的观照，题材广泛，涉猎面广。尤其是《祭父母诗文》《农夫自述》几篇，情真意切，呕心沥血，辞采充盈，让人感动至深。

一边种地，一边吟诗，诗歌自古就是劳动者情感活动的载体。

民全写诗，是自己精神的需要，无关传播范围的大与小，自有价值在。与无病呻吟的诗坛名利之徒不相干，便别开生面。其实，他就在自己的桃园中，观四季往复，看花开花落，本身即真诗是也。

闻名遐迩的孟家原村秦腔剧团

石生斌

孟家原村位于王益区黄堡镇东原，是四大传说之一的主角孟姜女的故里，是如今驰名中外的"孟姜红"鲜桃的产地。这里人杰地灵，历史悠久，文化底蕴深厚，从古到今传承着秦人的民俗遗风。每逢农闲时节，村里的社火、社戏相当繁荣。日常生活中，乡村道路上，田间地头里，随时可以听见人们即兴唱出的秦声秦韵。

秦腔真正作为一种戏曲文化进入村子，应该是在 1949 年后。1949 年以前，只是当时周围原村的几个人会拉会唱，每逢红白喜事，有钱人会请上三五人来唱上几板戏，名曰"喧荒"。普通人家只有看戏听戏的份儿，有爱好者偶尔哼哼几句，聊以慰藉。孟家原村的秦腔发展大致可分为五个阶段：

1949 年前后自乐班的兴起

1949 年前，孟家原村和杨家凹村同是一个社，不论搞什么活动都在一起，如唱社戏、耍社火等。在那时，根本就没有自乐班。1952 年冬天，邻村私营煤矿老鸡窝矿处理一套自乐班打击乐器。得到这个消息后，爱好戏剧的杨生平、石德富两位老人发起并积极筹措资金，再加上社里的部分赞助，筹款共计 80 多元，买回这一套打击乐器，成了孟家原村自乐班的家底。

说到秦腔戏曲的演唱，当时村上没有一个内行，只有石忠义一人能拉几种板胡曲调，石忠宽、史金龙能唱几板秦腔乱弹，绝大多数人都是"门外汉"。后来，随着社会的进一步开放和党的文艺方针的制定实施，大队从圩村大队南凹村请来了一位功底不深的鼓师，教了几个人。当时学打鼓的有石生斌、石生玉，学打击乐的有杨志义、杨志荣、杨振荣等。经过多日的学练，初步学会了打"老胡广"开场一套。

经过几年坚持不懈的努力，参与的人员慢慢地增加了。打鼓的有雒正礼、史志荣，演唱的有石忠宽、雒正礼、石忠义、史志荣、杨英琳等，还有当时被村人所津津称道的"四大名旦"——史金龙、郜万银、杨志义、冯德财。他们就是这样白天生产劳动，晚上自学自唱，勤学苦练，终于有了较为成熟、能拿得出手的唱段。谁家有红白喜事，就与自乐班班长杨生平联系，唱戏助兴，没有礼品，没有报酬。这一时期的秦腔表演，总体上以自娱自乐为主，性质类似于"戏迷票友"。当时演唱的剧目主要有《二进宫》《祭灵》《争印》《别窑》《探窑》《苏武牧羊》《临潼山》《打銮驾》等。

皮影剧社建立

1961 年冬，大队从蓝田县买回了一副古装戏箱，主要排演传统剧目。可是没多长时间，由于传统戏被禁演，这些东西只好收箱入柜，不能使用。到了 1962 年冬季，大队得到铜川市文化馆的鼎力支持，从宝鸡购回了一套现代戏皮影。这期间，演员角色逐渐稳定下来，生、旦、净、丑各行都有，演唱技巧大幅提升，乐队演奏日臻熟练，只是演出由台前搬到幕后，这样的演出一直延续到 1964 年冬天。1963 年，铜川市召开"三级干部"大会，市政府抽调孟家原村皮影剧社在市政府大礼堂观摩演出，在全体成员的努力下，演出十分成功，得到了包括各级领导在内的观众一致好评。当然，演员仍是由自乐班的主要成员组成。

村业余剧团的成立

1965 年，铜川市文化馆馆长崔世杰来孟家原村搞文化调研，经过走访考察，认真研究，又经村党支部、队委会同意批准，决定正式成立孟家原大队业余剧团。为了加强党对业余文化工作的领导，任命原大队副大队长石生斌担任团长，杨生平任副团长，全力抓好剧团的筹建工作。

剧团刚成立，没有排演场地，大队就腾出一孔窑洞，供排练用；没有演出戏服，大队就从微薄的收入中挤出部分资金，购置了主要演员的戏装，其他演员的服装由个人想法解决；没有演出舞台，就自己动手建造。史杰、杨英琳等人利用休息时间，硬是把大队部旁边的山坡地挖平，还挖出化妆室、演员休息室和舞台的前台后场。虽然简陋，但总算有了属于自己的舞台；没有道具，大家或寻借，或仿造；没有剧本，村里有文化的"能人"张万长、杨寿堂便是编剧。他们看到报刊上登载的曲折动人、扣人心弦、富有教育意义的故事，便利用业余时间改编成秦腔剧本，从台词唱词到布景动作，都精心设计，然后和演唱人员、乐队人员等一起反复揣摩，仔细推敲，最后确定曲调，排练演出。这时演出的剧目主要是一些独幕剧或小短剧。至于戏名，由于年代久远，大家已记得不大清楚了。

要排演好戏，自然离不开专业娴熟的乐队。但是剧团刚刚成立，又要排演现代戏，原有的乐队人员因年龄偏大，乐理知识欠缺，进步很慢，所以培养年轻后生就成了迫切的问题。就在这时，初中毕业生石生锐回到了村里。他当时才十四五岁，凭着自己对音乐的天赋和对秦腔音乐的酷爱，加之上学期间他就开始学拉板胡，先后受过铜川市电瓷厂赵老师、惠老师的启蒙和专业指导，以及他后来的勤学苦练，演奏技术不断提高。20世纪70年代初，为了使自己的演奏技艺再提高，他不辞辛苦，跑到几十里以外的市内，求教于当时任铜川市歌舞剧团乐队队长的张宝文先生。张先生从指法、弓法、乐理等方面给予他系统的专业指导，使他的演奏水平有了突飞猛进的提高，从业余演奏水平趋于专业化。以至后来张宝文先生夸奖道："板胡演奏歌剧，我优于你，然而演奏秦腔，你在我之上。"正是这样一个当初不被人们看好、不被人们信任的"娃娃琴师"，最终成长为乐队的中流砥柱，为成功演出秦腔现代剧目做出了很大贡献。在他的带领下，乐队力量不断增强，学习演奏的人员越来越多。学拉二胡的有石生龙、杨寿堂、杨纪善、史争民、颜万守、杨志德等；吹笛子的有史万民；敲锣有后来被誉为"神锣"的杨六斤等。

"神锣"杨六斤是一个不能不提的人物。小时候，家里很穷，可他对秦腔却有着特殊的天赋和灵感。从自乐班到皮影剧社，他经常是跟前跟后，帮忙烧水沏茶，看管衣物，收拾物件，从不言累。剧团成立后，更是忙碌。有一次，乐队缺个打底锣的，他自告奋勇要求试一下，没承想，这一试竟然使他成了乐队中不可或缺的"神锣"。

剧团成立后，就把原来的皮影放下，把秦腔现代戏剧搬上了舞台，也就是把幕后的演唱搬到台前演出。当时，排演的现代全本戏有《血泪仇》《三世仇》《智取威虎山》《女会计》《箭杆河边》《红灯记》等，折子戏有《三丑会》《九女拾棉》《场上风波》《梁秋燕》，还演出了一些反映与歌颂新人新事新风尚的秦腔与眉户短剧、独幕剧，如《一包红糖》《审椅子》等。20世纪70年代，孟家原村剧团演出的戏剧可谓是名扬铜川，无人不知，无人不晓，多次参加铜川市、黄堡公社的文艺调演，至今村里人还津津乐道。

随着现代戏的上演，演员阵容不断扩大。老一辈演员基本退到了幕后，担任顾问和艺术指导，中青年演员承担了主要角色。剧团也吸纳了女演员，增强了演出的活力和艺术效果。参加演出的女演员多达30多名，主要有张秀琴、张淑花、吕寇侠、石彩玲、石小玲、史红侠、石奶琴等。男演员也增加不少，有杨英琳、史杰、石生民、史耀民、石生斌、史玉荣、杨志德、石志珍、石汉民、冯玉明、史天社、史增善等，先后参加演出的人员达70多人。现代戏的上演，不仅丰富了当时人们的生活，繁荣了当地的文化，而且为"文革"后秦腔古装戏的复出奠定了一定的人才与艺术基础。

"文革"后传统戏的复演与剧团的衰落

1976年"文革"结束，"四人帮"被打倒以后，国家在文艺界又恢复了"百花齐放"的政策，孟家原村剧团的秦腔演出迎来了再度繁荣。1978年，当时的大队党支部书记颜文杰很支持村上的文化工作，召开会议，从大队拿出近万元资金，在西安购回了戏剧服装、乐器、道具成百件，极大地充实了剧团的家底，丰富了戏曲演出的效果，并在大队部新址的院子里搭建了舞台。同时，对剧团组织机构进行了调整，由大队党支部副书记张淑花挂帅，担任剧团团长，石生锐为副团长，请铜川市陶瓷厂受过专业训练的秦腔艺人孟忠义来村，排演了《游龟山》一本。第二年又请来郊区（现印台区）文化馆的韦志信，来村排演了《黑叮本》《白蛇传》《五典坡》《铡美案》等戏曲的选场或选段。当时演出的效果非常好，受到了广大村民的好评。

1982 年，农村实行家庭联产承包责任制，剧团里很多演员都是地地道道的农民，为了生计，不得不割舍自己心爱的秦腔，脱掉戏装，养家致富，部分女演员也远嫁他乡。很少有人再在一起演唱交流，更没有登台演出。孟家原业余剧团不解而散。原有的戏箱道具遗失殆尽，断断续续 30 年的秦腔戏曲文化戛然而止。这一放就是 25 年。

凤凰涅槃，浴火重生

2008 年，怀着对传统文化的钟爱、对秦腔戏曲的痴迷，原剧团中仍健在的骨干石生斌、杨英琳、石生民、冯玉明、石生锐、石生龙等人，利用闲暇时间，聚在一起，吹拉弹唱，自娱自乐起来。在他们的带动和感染下，村里一群热爱秦腔的年轻人加入了。女演员有范小会、张淑芳、史淑侠、赵巧凤等，男演员有史天社、石冲、史满学等。乐队也增加了年轻的面孔，有杨春善、史恒杰等。

愿孟家原的秦腔戏曲事业得以传承，群众的文化娱乐得以发展，使流传千年的秦腔再谱新韵。

附：
1965 年孟家原业余剧团组织委员会机构
团　　长：石生斌
副团长：杨生平

乐队股长：史志荣

戏剧股长：杨英琳

总务股长：杨生平（兼）

编剧移植：张万长

导　演：史　杰

曾演出戏曲的主要演员名单

《智取威虎山》

剧中人物	饰演人	剧中人物	饰演人
杨子荣———	杨英琳	少剑波———	石生斌
李　母———	张秀琴	李勇奇———	杨志德
孙达德———	杨勤学	高　波———	杨存印
白　茹———	石淑珍	常猎户———	史玉荣
座山雕———	石生民	栾　平———	石汉民
参谋长———	冯玉明	副　官———	石万财
金刚甲———	杨志诚	匪连长———	张印虎

常　宝———张淑花、杨稠

解放军战士———史湘林、史志荣、雒振杰、杨万俊

《红灯记》

剧中人物　　饰演人

李玉和———杨英琳

李奶奶———张淑花、张秀琴

李铁梅———石彩玲、史淑叶

磨刀人———石生俊

鸠　山———史杰、石生民

王连举———张印虎

《三世仇》

剧中人物	饰演人	剧中人物	饰演人
虎儿娘———郭月英		小　兰———史九仙	
虎　儿———杨勤学		张　九———石生民	
王老五———杨英琳、石生斌		李老汉———史玉荣	
活剥皮———史　杰		山水狼———史月珍	

《血泪仇》

剧中人物	饰演人	剧中人物	饰演人
王仁厚———史玉荣		王东才———杨志德	
王奶奶———张秀琴		王桂花———史淑琴	
王东才妻———史九仙		狗　娃———史九林	

《游龟山》

剧中人物	饰演人	剧中人物	饰演人
田云山———史玉荣、石志珍		田玉川———史天社	
田夫人———张淑花		卢　林———冯玉明	
胡凤莲———石小玲、史菊叶		家　郎———颜农昌	
胡　彦———史玉荣		卢世宽———石百虎	
董　威———石生民			

《九女拾棉》

梁凤云、史月珍、史淑琴

张秀琴、史凤英、杜彩凤

吕寇侠、史九仙、史潇潇

（石生斌，黄堡镇孟家原人）

096

一把永不卷刃的瓦刀

和小军

铜川市王益区黄堡镇孟家原村，是中国古代著名四大传说之一的主角孟姜女的故里。著名作家和谷在《故乡柿子》一文中描述的名扬四方的"吊柿"就出自孟家原。过去，铜川的人们只要一提柿子，如今一提起"孟姜红"水蜜桃，都会自然而然地想到孟家原。

2010 年 8 月 16 日，陕西省侨联党组书记刘选民来到孟家原村参观。在仔细看过孟家原村移民搬迁工程之后，高兴地对身边的颜存宁说："在我所见的民宅中，数你设计得最合理，各个环节、每个细节做得都很仔细。"

这时的颜存宁才第一次尝到了成功的滋味。

山里娃的梦想

梦想是每个人与生俱来的。

出生于 20 世纪 60 年代初的颜存宁，没有显赫的家世，祖辈都是庄稼人。当地人出门，必须要翻过一道沟梁，普通人需要 40 分钟，而他仅仅需要 15 分钟。从小就聪明伶俐的他，希望将来能考上大学。他曾一度羡慕同学能顿顿吃上白面做的馒头，暗自发誓，将来也要顿顿吃上白面馒头。上高中时，父亲已经无力再负担他的学费，他被迫休学，到陕西省第二建筑公司第四项目部当了名合同工。半年后，他拿着辛苦积攒的血汗钱，又回到学校继续上学。1983年高考，他以18分之差名落孙山。面对现实，他只能放弃继续补习的机会，回乡当起了农民。多年以后，他说："如果当时家境不那么贫寒，能有一次补习的机会，我肯定能考上大学。"

他一直记得生命里的第一个贵人史忠善对他说的话："人在社会上，不论从事任何行业，要爱一行，专一行，要有超前意识。书本就是最好的老师，要多读书，这样你将来才会有更大的发展。"

在以后的日子里，他始终没有放弃过学习。

1994年，获得了工业与民用建筑专业大专文凭。

2000年，获得了陕西省建设厅颁发的建筑工程师资质。

2004年，他又获得了施工员、监理工程师的资质。

近年来，他奔波于各地，参观学习各式各样的建筑，如去阿房宫看秦汉建筑，到大唐芙蓉园看唐代建筑。他潜心研究建筑设计理论，创新了"双燕归脊"的造型，寓意着吉祥幸福，日子蒸蒸日上。这一造型被应用于新农村建设中，得到了社会的广泛好评。

他觉得，自己吃过没上大学的亏，不能再让自己的弟弟也走同样的路。在父亲年迈而无力负担的情况下，他毅然资助弟弟上完了大学。尽管在这期间，他也遭遇了人生的低谷，但始终没有让弟弟中断过学业。他先后资助两名因家境贫寒而辍学的学生完成了学业。现在仍资助一名学生，继续着一个山里娃的梦想。

"我现在家里还放着好几箱子书呢，有时间去我家，我让你看。"颜存宁这样说。

打工者的艰辛

人首先要面对的是现实生活。

回乡务农的颜存宁，面对贫寒的家境，决心改变这一切，让全家人都能过上好日子。为了有项安身立命的一技之长，他找到了当泥瓦匠的舅舅，当起了学徒，从而开始了与建筑行业的不解之缘。

当学徒的3年里，为了能更好地锻炼自己，熟练掌握学到的手艺，他白天在工地跟着舅舅干活，晚上到村子里挨家挨户给人免费干活。只要有人愿意让他干，他总是乐呵呵的。无论天阴下雨，600多个夜晚他从未间断过。400户村民见证了一个学徒娃的艰辛与成长。

1986年，他正式出师。可谁会放心让一个刚出师的年轻人给自己盖房子呢？不得已，为了维持生计，他先后种过菜，当过瓜农，种植过经济林。种西瓜时，他是当地第一个种植成功新品种西瓜的人，西瓜一亩地曾卖过500元。但最终因为村里土地少、旱原上缺水等原因，他被迫终止了自己的第一次创业。

1988年，他和同村42个人一起去"闯神木"。在这期间，吃了多少苦，遭过多少罪，只有他自己知道。在去往神木的路上，他们搭坐的顺路车落水，在宽120多米的冰冷河水中被困了一个多小时，是他越过一尺多厚的冰水，走了将近300米的路，到对岸的矿上找来了帮手，而他却被冻得喝了半瓶子酒才缓过来。神木是个高寒、风沙大的地方，当地人有句俗话："春上没有风，庄稼成不了。"当地的风从3月吹到5月底。"早上睡起来，脸上的土有一铜钱厚，被子上的土足足有一寸厚。"为了挣钱，他们去当地的河滩里捡雨水冲下来的煤。不论天晴还是下雨，他都去。别人一天捡一拖拉机，他捡两拖拉机，能挣 27 块钱。

只是这活太辛苦了。一起去的 42 个人，一年后就只剩下了 15 个。

企业家的奋争

"想好了就大胆放手去干。"

1990 年，他回到铜川，开始再一次创业。他承包了黄堡镇马村小学建设 6 间瓦房校舍的工程。1991 年，他又承包了马村小学建平房校舍的工程。当时的工程预算造价是每平方米 214 元，他承包的价格是每平方米 180 元，属于纯成本价，是个没有利润的活。工程完工之后，由于镇上和村民筹资款没有凑齐，本来 45000 元的工程款，他只拿到了 33000 元，还有 12000 元的工程款没有付清。他手里只有"闯神木"积攒下来的 5000 多元。为了不让跟着自己干活的弟兄们吃亏，他重新拿起瓦刀，出去干泥瓦匠，用了整整 3 年的时间，才还清了欠款。

人生陷入了第一次低谷，他有点儿丧气。这时候，他生命里第二个贵人、他的姑父赵纪灵对他说："存宁，在社会上创业，要和气生财。把别人的事情当成自己的事情干。到任何情况下，都能和别人相处好，这样才能成功。"

姑父的一番话点燃了他创业的激情。1994 年，他承包了陈炉镇立地坡小学的整修。谁知工程完工后，本来 28000 元的工程款却只兑现了 18000 元，他又一次跌入了人生的低谷。欠工人的钱，总归是要还的。他只好又出去打工，每天挣 15 元。经过两年的打拼，才还清了欠款。

1997 年，他参与了陈炉镇枣村小学教学楼的建设工程。枣村是时任铜川市委副书记、市委组织部部长赵天文的驻村帮扶对象。

该工程投资 38 万元，建筑面积 700 多平方米。他承包了其中的人工部分。经过 123 天的奋战，工程完工，得到了赵天文的赞扬。工程通过了铜川市建筑设计研究院的达标验收，获得了铜川市建筑质量监督站的过关认可。

2002 年，由他规划、设计并施工的黄堡镇文明原村集体性移民搬迁工程完工，得到了王益区政府和黄堡镇政府的认可，作为区上和镇上的试点工程。这是他搞群体搬迁的第一个成功案例。

在这之后，他先后规划、设计、参与施工了王益区罗寨村、原畔村、高坪村等一系列移民搬迁和新农村建设工程，都得到了一致好评。

2006 年，一次意外让他丢失了 6 份合同、6 份工程决算书。由于没有合同和决算书等证明文件，他被人赖账近 4 万元。干了一年的活，他没有赚到一分钱，反而赔进去了 78000 元。从那年的年底直到第二年的 3 月，他每天前半天在承包的民房建设工地忙活，后半天跑到铜川市铝厂干临时工。即使是大年三十和初一，他也没有歇着。为了让跟着自己干活的兄弟们能过个好年，他贷款 30000 元，结清了所有工人的工资。"虽然欠了银行的利息，但我的人格没有倒。"

在他人生陷入第二次低谷时，他萌生了不再继续创业的想法。这时他生命里的第三个贵人、伯父告诉他："存宁，既然从事了这个行业，就必须要'专'要'精'。自己的目标自己树立，能奋斗到什么程度就奋斗到什么程度，只要默默无闻地奉献，就能获得成功。"

2007 年，他承包了王益区王益乡孙家坳村的新农村建设。铜川市建筑设计研究院要 18000 元的规划设计费用，而他的规划设计只要 8000 元，最终他获得了孙家坳村新农村建设的规划设计资格，并把自己创新的"双燕归脊"造型首次应用到孙家坳村新农村建设中，被王益区政府作为新农村建设示范工程向全市推广。

2010年，由他规划、设计、施工的黄堡镇社区建设工程完工。工程得到了时任铜川市委常委、市政法委书记张应龙的赞许，张应龙亲自为他披红戴花，以示嘉奖。

王益区黄堡镇孟家原村养殖场的建设，获得了时任陕西省农业厅厅长王宏和时任铜川市副市长袁丁兴的好评。王宏对陪同参观的袁丁兴和当时的铜川市农业局局长戎河山说："你们在孟家原建的养殖场，在陕西省不算最大的，但规范化程度是最高的。"

在铜川市政府积极推进资源型城市转型，年投入亿元大力发展旅游业的大好历史机遇下，他协助王益区文化局进行"孟家原桃花艺术节"项目的规划和设计。同时，他又积极奔走，多方筹措资金，启动了"孟姜女故里"旅游景点的建设工程。

人生不可能平坦，对于生活中的挫折，颜存宁敢于面对，敢于向困难挑战，不弃不馁，顽强打拼，用自己的实际行动向世人证明自己是"一把永不卷刃的瓦刀"。也有人认为，干工程只要按时完工，不拖延工期就行，其他的都无所谓。但颜存宁不这么认为，他有着自己做事的原则，那就是："把别人的事情当自己的事情来干，以实干带动人，以真情感化人。"

如今，各地群众建设新农村的积极性不断提高，地方政府也在全力推动。颜存宁，这把永不卷刃的瓦刀已百炼成钢，开始初露锋芒，美好的未来已经张开了迎接他的双臂。

辑三

走过旧宅院的老槐树下，曾经人欢马叫的晒场，由于人们迁居到了交通便捷的原上，这里变得寂寥了。啄木鸟在节奏响亮地叩问老树，捕捉蛀虫。旧宅院栽了花椒树，待到秋里，只有留守村庄的老者才肯去采摘，换钱贴补家用。即使迁居到了原上，那条水泥路早已牵引着庄稼人躁动的脚步，让他们寄居在繁华城市简陋的工棚里，夜夜都让梦回来，打开门锁，探望属于自己的家。

——和谷

故　园

和　谷

傍晚村景[①]

吃罢后晌饭，便对老母亲说，我去凹里转转，径直出了没有一丝风的村巷。

阳光一直很好，对于庄稼人来说，并不见得是好事情，渭河北原去冬今春的干旱，让乡亲们焦心不止。

望着崖畔上一片光秃秃的田地，莫不是刚种了玉米的地？走近一看是麦田，麦子仅有一寸多高，也照样挣扎着出了穗子。按节令，清明过后 60 天就该搭镰收割了，但自从去年白露后麦子下种，几乎没看过一场像样的雪和透雨，多年已经没有这样的旱象了。好在一些保墒的堎窝地，麦子还有收成，但显然不及往年。僻背处有几片油菜，却长得十分旺盛。有人后悔，如果去年把土地流转给专业户栽果木，一亩地还净得 350 元，这回不划算了。人算不如天算，在靠天吃饭的旱原上，尤为如此。

走过旧日的小学校，没有了门窗的窑洞教室设置了栅栏，是作羊圈用的。散落在自然村的小学校，近年来被兼并到了三五里地外

① 本文原载 2013 年 7 月 26 日《人民日报》。

的行政村或一二十里外的镇上，农家子弟上学的路变远了。大多孩子随打工的父母到城里借读，有的大人在城里租了房子陪孩子读书，个别坚守的小学校甚至是三个老师教一个孩子。我50年前曾在这旧小学里念过五年书，唱过一首叫《王二小》的歌："牛儿还在山坡吃草，放牛的孩子不知道哪儿去了……"眼下，村里最后一头牛也绝迹了，更不用说马、骡子、驴，家畜已彻底被机械取而代之，犁耧耙耱，收割碾打，全部租用机器，费用年年看涨。牛草长成了柴火，也无人拾掇。但在沟对面的小山上，仍可以看见有羊儿在那里吃草，点缀了寂静山村所剩不多的诗意。我问过牧羊老人，退耕还林不是禁止放羊吗？他说，草场多，政策上管得松了，不碍事。再说，一只好羯子，就是被阉割后的公羊，能值几百上千元，每天赶着几万块钱流动，也算养家的生计。

我转到老三的果园里。因清明前后的倒春寒，核桃和樱桃结得寥寥无几，所幸桃子和山楂的花期躲过了强降温，指头脸大的果子结得繁实。青杏挂在枝头，我摘了两颗尝鲜，酸得透香。听老三说，他经营的几台修水利的机械设备贷了款项，老庄基的复耕工程接近尾声，慢慢把目标放在了育苗种树上。承包和租种的地里育了核桃苗子，在网上寻找商机，今年春上一株卖到三四块钱，还供不应求。如果守候在土地上，有高产值的农副产品，不至于一亩地产值三四百元，有谁还情愿背井离乡进城打工呢？问题是眼下的土地仍不值钱，人们在城乡间徘徊，一些土地的主人对正在大力实行的城镇化措施心存疑虑，还没有想明白。传统的乡村，难道要被消亡吗？

走过旧宅院的老槐树下，曾经人欢马叫的晒场，由于人们迁居到了交通便捷的原上，这里变得寂寥了。啄木鸟在节奏响亮地叩问老树，捕捉蛀虫。旧宅院栽了花椒树，待到秋里，只有留守村庄的老者才肯去采摘，换钱贴补家用。迁居的新宅院也有30年了，但见不到一棵30年树龄的树木，大多被树贩子弄到了城里装饰街景，离别故土，怅望异乡的天空。即使迁居到了原上，那条水泥路早已牵引着庄稼人躁动的脚步，让他们寄居在繁华城市简陋的工棚里，夜夜都让梦回来，打开门锁，探望属于自己的家。

一位堂叔父，正蹲在旧宅院的地里种花生。他当过兵，从煤矿上退休回到村里，独自带着小孙子过活。他用塑料地膜铺了干涩的田地，用小铲子在上面戳了缝隙，小心地用搪瓷缸子伸进桶里，舀着从窖里挑来的水，浇入泥土的缝隙，再点入花生豆，手抓着从炕洞里掏来的草木灰盖上。我也帮不上什么忙，递去一支烟点着，和堂叔父说话。天色暗了下来，等他仔细又忙碌地做完农事，才一起厮跟着，顺着弯弯曲曲的小路上原回家。

村口晒场上，有一阵音乐和咯咯的笑声传来。我看见在一片晚霞的掩映下，有三五个妇女在那儿学跳舞。她们也许是趁进城打工间歇，回来生养孩子，或者是儿女大了，远走高飞了，她们在家独享晚年。面前是深沟土原，远山如黛，晚风徐徐吹起，音乐融入了飘散的炊烟。

树杈间的布谷叫了几声，天边出现了湿云，有零星小雨溅起了一丝土腥味。村巷里，听见村人搭讪的话语，不是说吃了没有，而是说，看来明儿该下一场透雨了。

老老姑①

写了不少的文字，写老老姑，在我还是第一遭。我的老老姑，也就是我曾祖父的妹妹，祖父的姑母，父亲的老姑。她老人家在许多年里，是我们家族的最年长者，也是某种意义上的精神领袖。祖父幼年丧母，是她拉扯祖父长大成人。记得祖父去世时，她连夜移着一双三寸金莲，翻过十里大沟，未进娘家门哭号声先闯了进来。哭罢，她平静地说，人，活一辈子不容易，说没意思也没意思，几十年眨眼就过去了。此话说过，风一样吹走了。

在我的记忆中，老老姑一开始就是个老太太。她总说："我走我娘家来了，气长得很哩。"一边说一边摸着我的头，白净富态的脸笑成一朵花，充满幸福的光芒。她的衣着穿戴干净利落，花白的头发梳得丝丝分明，裹腿扎得毫不含糊，腰板向来都挺得很直。她一直是个老太太，可我却从一个孩子变成鬓角发白的中年人了。

后来我才知晓，她幼年读过几天私塾，略识文字，15岁便嫁给了沟对面史家原的人家。男人比她大14岁，先房丢下两个女子，她过门后生有八男二女，成人者四男一女。她历经改朝换代、兵荒马乱，加上年馑天灾，能活过来就实在不易了。她还迈着小脚，吆牛犁田，庄稼行里不让须眉，在乡邻间传为美谈。她自小受先父在庙宇绘画的影响，喜好侍弄花卉，擅长剪纸扎花。

听说老太太曾经为儿子的事，找过一回家乡的市长。她拄着拐

---

① 本文原载《金秋》2001年第8期。

杖，抬着小脚踏上市政府的大楼，见到了市长。我把市长叫表爷，市长该是她的表侄了。一向不讲情面的大官儿，面对面善心慈的老太太，突然勾起了他童年的记忆。那时他家很穷，一日他揩着鼻涕走亲戚，老姑给过他一枚钱。他说，这情债该还了。事后，方圆的人都说老太太有面子。其实，在老太太的一生中，这样央求官人办事，也许仅此一回。

老老姑活着的时候，一直有着口碑。临终了，她的儿孙们执意要为她立一块石碑。先是起草了一篇碑文，又怕字句欠佳，将它辗转捎给了我加工润色。我是一个晚辈，对老老姑有一种高山仰止的崇敬，虽然写过几本书，但还是畏难于这几十个字的碑文，怎么改也词不达意。

石刻的碑文，已是她土冢前的一个标志。老老姑，已经用她那三寸金莲把自己的生平写在了黄土原上。

父亲（和忠贤）口述履历[①]（节选）

1933年十月初八，生于陕西省同官县陈炉镇罗寨南凹里。

1940年，7岁，开始干农活，给别人担柿子，一毛钱给15个，担到陈炉镇集市上去卖，一天赚一元钱，来回六七十里。与成贤、生林一起去卖，回来拾一担别人扔了的瓷碗、瓷盆等瓷器。拾的瓷器再担到耀县城去卖，一次能卖一元多钱，来回上百里路。

1941年，8岁，给国民党政府干活，在沟畔上挖枣刺，规定必

---

① 本文原载《天涯》2014年第2期。

须是一人高的枣刺，挖了和大爷一起送到王益村原畔，政府给发一张纸条，签上自己的名字，证明你送过了，白下苦，不给一分钱。

1942年，9岁，给国民党政府担草，能担七八十斤，国民党收草的人在秤上做手脚，扣得剩二三十斤，还不给一分钱。亲眼见宪兵打一个小娃，不许别人拉，谁拉打谁。听说这小娃是一个逃兵，在太阳下被脱得剩个裤衩，晒得身上蜕皮，哀求旁边人给他一口凉水，没人敢给。

1943年，10岁，和村上人一起用牛、驴给国民党政府送粮食，路途远，一天只给几块钱，不送便是毒打。

1944年，11岁，从孟家原一个叫满粮的吸大烟的人那里担柿子，到陈炉镇去卖，回来拾些碗盆再卖些钱，一天挣一块多。

1945年，12岁，独自一个人用牲口给大家族耕地，一天耕二亩多，力气大，手艺好。

1946年，13岁，给大家庭拾草、担草、担水、放牛羊、干重活。一次，吆骡子去县城买玉米，没货，就和黑池原二人一起去宜君县哭泉梁驮粮，购到粮回来路上，父亲跑去找我，没见人，以为被土匪抢了，结果第二天回到了家。听人说孟姜女哭长城的事，孟姜女是沟对岸孟家原人，哭长城回来路上有追兵，被一座山挡住了，她用手把山搬转，现在这地方叫搬转山。枣刺挂住了衣襟，她说："你就不会长直了？"那里的枣刺现在都长成直的了。

1947年，14岁，帮人土葬埋人，遇上财东家，然后去吃丧饭，吃得好。看人家买了许多匹洋布，眼红。和十三爷一起给耀县国民党政府送炭，每天百十里路，送到一个叫洪水的地方。路上要躲避国民党的兵，让人家路。有一回，与四爷生明驮瓷器去黄陵县，人说黄陵柏树七搂八拃半。在原上店里住了一夜，不明起来赶了 15 里路，卖了一天也没卖完。后在店头镇住了一夜，第二天卖完，回来驮的是红芋。再一晚上歇在县城北关，县一中收红芋，四爷和收红芋的人熟悉，是他舅的儿子，红芋冻了，便宜卖了。一回，和山干村老姑父发荣还有他哥驮瓷器，去耀县柳林镇换粮食，人家能说会道，换了一褡裢馍。我不会说，换不出去，换了些玉米回来了。家里养了一头牛，父亲在庙底沟炭窠绞把，后来又买了一头牛，再没绞把。牛跌到窟窿里了，父亲头也跌破了。只好雇了上山干村邓家的牲口种了一料，又买了马村舅家的牛，日子好一些又买了一头狼毛骡子。

1948 年，15 岁，二弟哭着不去上学了，二爷再三说，他也不去念，便让我去念，说起码以后会写自己名字，就去罗寨念书。学校吃饭太贵，又让去陈炉念书，前后不到一年，遇到了内战，陈炉打得正激烈。当时的校长是刘天秀。

1949 年，16 岁，大哥成贤和石榴结婚，给帮忙抬轿子，从宜兴抬回村上。经过罗寨时，国民党的兵来了，对娶亲的人进行大搜查，一个都不放过，连新娘的裹肚也要查。迎亲讲究 12 点前要到家，经过村上地位高的人再三说情，才放了行。

我 的 乡 愁

梁秀侠

岁月在一点一点地风干着生命的水分，乡愁却被滋润得日日疯长。

本不想用文字触碰的这处刻骨情怀，怎奈架不住倾诉的诱惑。王赵民邀约写稿，说是关于黄堡的，我便心动。又说书名为《故里记忆》，和谷先生审稿，我就又感动又忐忑。

记得在 20 世纪 80 年代，应该还是学生的时候，我曾强烈地以为：三秦大地，北有路遥，南有贾平凹，中当是和谷。那时，我只有几本小说，但却做着诗人和作家的梦，花季少女，该也不算过分。对和谷先生的记忆，从一首有关家园的诗歌开始，那其中淡淡的乡愁，让我着迷。他是黄堡人，又叫和谷，"和谷"二字清丽脱俗、气象万千，没有烟火气。他的海岛随笔，使我第一次体会到天涯孤旅的美感，神往那遥远的椰树、沙滩、白浪滔天。于此，也把我对文字的那点喜爱膨胀为对文学的喜爱，我也更加决绝地以为：黄堡是当然的钟灵毓秀之地，将来的文学绿洲。因为我也是黄堡人。可造化弄人，天资的平庸、勤奋的不足，直到年过半百，我把自己活成了今天的模样，我从未正面与和谷先生谈及曾经的梦想，羞且怯。今日，一吐为快，让这份文学的梦想重回故里，自生自灭，我也好坦然地去拜访和谷先生与他用文字和修为垒起的那块故里高地。

抚平一段情绪，又勾起一个断面。18岁之前，我的足迹方圆不超过20里，基本是从一个叫石坡的小小山村到黄堡街口，再沿210国道到那时的黄堡中学。之后直至今日，我的认知和记忆早已超越了视界与国界，我学了哲学教了哲学爱了哲学。恩格斯言：思维是地球上最美丽的花朵，而哲学思维该是花中之王了，它的想象力和穿透力无可匹敌，它穿越时空、联通具象、通达生死、看破红尘。然而，18岁之前的记忆，如同基因一般，在我生命里潜行，我可以忘了它但却不能否认它，它铺就了我一生的去路。黄堡中学，我人生的拐弯处，拐点与两个人有关。1979年第一次高考，我以几分之差落榜；第二年，我又以几分之差榜上无名。那时，一个农家女儿，一个迷恋小说、不知高考轻重、心智不全的我哭了。时任文科班主任的党立敏老师去了我家，母亲说只要我愿意就同意了他的意见，我再次回到了学校。我知道，那时我给予母亲和家庭的压力可能是崩溃，但母亲说，车到半坡挣死牛也要上。我也知道，我的文字功底、作文能力和语文单科独进的成绩是党老师的不舍，他曾因小说《汉大的早晨》被打成"右派"，他将自己未竟的梦通过课堂植入我稚嫩的心田，我却在懒惰中把梦放飞，像断线的风筝一去不回。由于成绩不佳，我与中文专业失之交臂，与职业作家擦肩而过。

1981年9月，我在父亲和二姐的护送下，第一次出了远门。生命中从此有了西北政法、哲学、龙同学……更有了一份今生无以化去的乡愁缱绻。多少个静默时刻，我都在想，如果没有党老师和母亲的那次会面，没有母亲那宽厚毅然的决定，在命运的另一个因果链条上，我究竟去了何方？有如黄堡中学门前的漆水，在流水潺潺的年华里，生命中有了桥，有了列石，有了倒影，有了远方。在被蒸上云天的日子里，漆水慌乱的容颜难掩对大海的思念。我无以回报，只有道破。

"乡愁是一方矮矮的坟墓，我在外头，母亲在里头。"记得大二时，参加校园诗社，被安排朗诵余光中的《乡愁》，唯有这一句，使我喉头哽咽，泪水盈眶，"乡愁"一词也就此埋入心底。而今，这份乡愁变成了现实，无处措放的心在风中起舞。

母亲一生爱好刚强勤苦，大字不识几个，却心灵手巧，悟性极高，女红茶饭精致讲究，衣着梳妆严谨整洁，她是我们家的主心骨和精神统帅。她一生喜花，扎花绣花手艺了得。一个枕头绣品，她的重孙如今还在用着。旧屋新居，院里门外，无不有花相随。她审美趋向素、雅、淡，最好紫色，我曾给母亲买过很多紫色的东西。我的审美情趣与母亲甚是相像，我欢喜着大方素雅，尤好紫色。她不识字却一生好书，所有经她手的书，她都要翻一翻，然后，抚平折皱，收拾妥帖，等待识字的谁来读。父亲在我出生前是教师，母亲的柜子里便收藏着些许的书刊报纸。我印象最深的是小说《家》，且被觉慧吸引着，长大后才知道那是巴金先生"激流三部曲"中的一本。另一本是中医药书，里面全是药方和草药图案，它是我大四时选修中医哲学的主要缘由，而选修的结果，又成为工作后我在卫校兼职教"中医哲学"课的原因。还有一本应该是杂志，大开本，除文字外还有彩色图画，里面夹着母亲的花样、鞋样。我与书的情分，多半源自母亲的感染与成全。我曾在一篇小文《枕边书》中记述："农家的土炕上，母亲身边的女儿，女儿枕边的书，该是一道最美的风景了。"她一生爱孩子，最见不得的事就是打孩子，我们姊妹因她而享受了农村孩子难得的娇惯，没有挨打长大的我们姐妹还算得体，母亲称之为"识惯"，我意会其为没有走向大人意愿的反面。她的认识和行为，也保护了我们的孩子不挨打或少挨打。更有意义的是，我今天所做的"女儿花家庭教育"，处处隐现着母亲的理念和认识。母亲走了，我们母女一场，不仅仅是完成了一段生命的交付，对我，更是葆有了一份与之相伴的力量和温暖，在向死而生的旅途上，好从容地老去。

母亲走了，梦落了，我把乡愁做成背影，盛开在一切有花、有书、有孩子的地方。

《故里记忆》，将把我的乡愁夹进书页。我也将梦的书合起，于书外羽化成蝶。

（梁秀侠，黄堡镇石坡村人，现任铜川市文化广电新闻出版局局长）

母亲的春节

史罕明

羊年春节与马年、蛇年一样，都放假7天。好像这几天比平常的7天还要忙，还要累。回老家吃团圆饭，来西安走亲戚，在家接待来客，大概就这么3件事，每年如此。

10年来，回老家吃过的团圆饭有9次（有一年刚动完手术没能回老家），走过的亲戚大抵80多家，接待的客人300多人次。

春节过后，所有的记忆似乎被自动清零。但对 10 年前、20 年前、30 年前甚至 40 年前，却有许多记忆，好像已刻进心里，永远无法抹去。因为那时母亲健在。

所有人对母亲的记忆哪怕离开的时间再长，也难以忘记。只有母亲知道打开儿子心扉的密码，只有母亲懂得儿子与她产生共振的频率。母子之间的交流最通畅，心与心的距离最近。

1985 年，大学放暑假前，我突然生病，在学校卫生所打吊针。针还没完，我就催着医生拔掉针头。医生阿姨笑着说，她能理解我回家心切，归心似箭，但吊针耽误不了多少时间，说不定打完针才刚好赶上回家的车呢。

参加工作之后，每到春节我总要早早回老家，上班前一天才来单位。

回到家里，我的任务第一是海吃；第二是专门负责清理家里的角角落落，专扔父母亲珍藏已久却几乎不用但就是舍不得丢的东西，查看家里有无变质食品药品；第三才是拜年。

记得有一年我清理家中的柜子，里面竟然藏着十几瓶罐头。罐头属于当时最高端的礼品，只有主要的亲戚才送，多数人舍不得吃，直到放坏了不能送人，它才"退休"。为了送人，父母多年都没尝过罐头是啥滋味。父母年长，辈分高，罐头每年都是入多出少。我反复劝说母亲，至少可以打开 10 瓶，母亲终于同意尝一口。

当时的食品几乎不标生产日期和保质期。在那个年代的人看来，罐头是密封的，似乎永远不会坏，可以一直流转下去。

打开第一瓶，坏了；第二瓶，变苦了；第三瓶，里面发黑……

我连续打开七瓶，没一瓶好的。第八瓶是菠萝罐头，没有坏；第九瓶是烟台苹果罐头，好着哩；第十瓶，又是坏的。我叮嘱父母，剩下的几瓶只能送人，绝对不要自己吃，除非我在。这倒不是我贪吃，我知道母亲一生特别节俭，若稍微有点儿变质，她怕浪费，会让人吃掉。这也是我强行扔掉家中一些过期食品药品的原因。

每到过年，母亲都会打扫房子，并用"白土"汁把房子里外墙和灶台统统刷一遍，再用"红土"汁把墙角线刷一遍。遇到有砖的墙根，她又用"粉煤灰"汁把砖再刷一遍。

腊月初五，母亲要熬"五豆"。其中有一种"豆"，现代人可能没吃过，那是大大的皂荚核，可好吃了。

腊月初八，要做"腊八面"，很香，我已经十几年没吃过了。

腊月初十左右，压酸菜，不是几盘，而是一大缸，至少可以吃到正月十五以后。

腊月二十三，俗称小年，家乡称"敬灶火爷"，家家要烙饦饦馍。每年家中存的白面，很大部分用在这个地方了。母亲烙的饦饦馍，个个像工艺品。那个圆、匀、平、色、香、味，我至今没有见过比母亲做得更好的。

到了腊月二十六七，母亲又开始蒸大约半个月用的馍，要存满三四个老瓮。外形不好看、沾掉皮的，留给自己家吃；没有"受伤"的招待客人；最好的、特型的，走亲戚送人。肉馅包子、菜包子、油包子、糖包子、豆包子、花馍、花卷、馒头，样样可多了。不同的包子母亲就用不同的花样做记号。

大姨、舅母英年早逝，母亲每年腊月二十四五就去大姨家和外婆家蒸馍。大表哥结婚后，母亲完成了 5 年"志愿者"行动，解放了一小半；外婆去世后，大表姐可以出师了，但母亲还是为外婆家操心、出力，一直到老。

腊月二十八九，母亲开始做大菜准备。蒸蒸碗，有大肉的、红苔的、甜米的等等，好多我已记不太清，名也说不准。还要泡大豆芽、小豆芽。总之，家中所有的饭菜都是母亲动手做的，没有所谓的成品、半成品之说。

大年三十，母亲要准备晚上喝酒的菜、出去给本家长辈拜年的菜，还要准备初一大早全家人吃的饺子：羊肉饺子、大肉饺子、素饺子。

这就是母亲每年腊月的生活。老家过去有男人不上灶台、不下厨房的传统，出嫁的女儿不能回门，而未出嫁的年龄又太小，干不了，春节"屋里"的事几乎全部由母亲一个人完成。

正月初一算是母亲春节时相对轻松的一天，没有客人，只有自己家的几个人，两顿饭。

到正月初二，就是母亲正式忙碌的时候。前面的工作只是"开工"前的准备工作。

儿子孙子都要外出拜年，家里招待客人的差事，就像是母亲的"法定义务"，女儿、女婿、侄女、侄女婿，大概有十好几家；外甥、外甥女又是十好几家；姑表弟、姑表妹、姨表弟、姨表妹、大儿媳娘家、二儿媳娘家、大孙媳娘家、二孙媳娘家等等，从初二到初八，有时甚至到初九、初十，母亲的"值班"时间才算结束。初七之后，还要张罗给女儿、外孙送灯笼。

母亲的春节至少要忙活半个月，马不停蹄，人不歇脚，几十年如一日。我从未听见母亲埋怨过，她对来人总是那样的热情，来一拨做一次饭。只要有孩子来，她就和孩子逗乐，让孩子给她下跪，叫一声"老婆（奶奶）""老姑""老姨"，然后就发压岁钱。

人就是这么怪，自己所爱的人经历的大大小小的事，想忘也忘不掉，哪怕过去30年50年；和没有太深感情的人经历的事，想记起也记不住，有时连当事人的名字都想不起，即便发生在几个月前、几天前。

人一生遇到的人很多，经历的事很多，到过的地方很多，但只有在故乡、与母亲有关的事，才可能是所有人终生抹不掉的记忆。

（史罕明，孟家原人，现任陕西省公路局财务总监）

我的家在孟家原

石宏印

故里桃花红

"桃之夭夭，灼灼其华。"

万花当中，我尤爱桃花。这也许就因为我出生在桃花盛开的季节，从一出生，对桃花就有了一种特殊的情结，就连我的网名里也少不了桃花。

故乡位于黄土高原，在孟姜女的故乡——黄堡镇孟家原。这里的人们世代都有栽种桃树的习惯，但从未形成规模，只是偶尔在门前屋后、地头田畔，稀稀落落栽几株、十几株。在春天的绿色还没有完全染绿原野时，它们显得是那样的憔悴和孤独。所以，一直梦想着家乡何时能变成东晋著名诗人陶渊明笔下"夹岸数百步，中无杂树，芳草鲜美，落英缤纷"的桃花源，向往着"在那桃花盛开的地方，有我可爱的家乡，桃园荡漾着孩子们的笑声，桃花映红了姑娘的脸庞……"

冬去春来柳叶绿，又是一年桃花红。当改革开放的春风吹绿故乡的原野时，富国强民的实惠政策给故乡人带来了从未有过的干劲，人们大力发展种植业，栽种了上千亩的桃树，"孟姜红"鲜桃享誉省内外。正是：姜女故里赏桃花，桃花源里说姜女。

故乡桃花的盛开一般在清明前后。我于一场春雨过后，邀约了几个朋友，到家乡踏青赏花，回味家乡的感觉。

车沿着乡村的公路蜿蜒前行，漫山遍野雪白的梨花、粉红的杏花、金黄的油菜花争奇斗艳，而那一片片的桃花更是树树流霞，朵朵竞辉，开得如火如荼，红透了原，香遍了沟，呈现一派昂扬向上的景象。那一座座绿树环绕中的农家小院被这美丽的春色打扮得花枝招展，气象万千。

桃园里，桃树下，人们携家带眷，呼朋引伴，尽情领略桃花的风采神韵：或在桃花丛中漫步，欣赏桃花绮丽的景色；或在桃树下小憩，任轻风拂面，鸟儿欢歌；或与家人朋友拍照留念，花人共影；还有携带画夹、相机来这里写生采风的画家、摄影师们……桃园里荡漾着孩子们银铃般的笑声，娇艳的桃花映红了姑娘的脸庞，人与花交相辉映，花与人相得益彰，一幅春意盎然的"争春图"跃入人们的眼帘……

来啦……终于走近啦!

　　徜徉桃花林,漫步桃花径。那桃花如跳动的火苗,笑红了整个春天,粉的、绯的、红彤彤的,一片,两片,无数片,漫天的红,满眼的粉,令人目不暇接;一朵朵,一簇簇,层层叠叠,里里外外,满园的香,满怀的情,使人眼花缭乱。细赏桃花,这的确是一种美而不艳、清淡优雅、香而不浓、很质朴的花儿。在她修长的枝条上,那鲜活绚丽的花朵在春风里摇曳。在明媚阳光的照耀下,花儿们散发着火一般的激情,竞相绽放着各自的灿烂与风采,蜜蜂吻着她们那粉嫩的唇瓣,让她们羞红了脸,更加妖娆灼烧。正是:蝶舞蜂歌醉春花,融融春意桃花红。大有"东风吹开花千树,占断春光唯此花"之势,在这人与自然的和谐画卷中,桃花醉了,游人醉了,灿烂的阳光也醉了。

　　游兴还未完全褪尽,正在流连忘返的时候,好客的乡亲们便呼唤着到家里坐坐,休息吃饭。

　　走进一宽阔敞亮的农家院落,就感觉到主人的勤劳利索。庭院干净整洁,窑洞窗户洁净明亮,家具什物摆放有序,就连花园里的那两株玉兰树也是亭亭玉立,光彩照人。

　　刚洗罢手,浓浓的热茶便端上了桌,才挨着嘴边,浓郁的香气便扑鼻而来。还没来得及张口问,主人便自豪地介绍说,这是正宗的西湖龙井,过去只有城里人拥有的东西咱们也有啦。环顾屋内,五十几英寸的液晶电视正播放着乡亲们喜爱的秦腔唱段,真皮沙发靠墙放着,旁边的小桌上摆着一台新款式的电脑。我便寻思,主人家还会玩电脑,无非就是闲暇之余,打打游戏罢了!

　　正在这时,主人的手机响起。"我马上就接收。"打开电脑,主人一边熟练地操作，一边介绍说，现在的鲜桃出售大多数都在电脑上完成，订货的客商天南海北，络绎不绝。科技发达了，信息畅通了，农民的眼界也开阔了，鲜桃生意不仅做省内的，也做到了省外，成了许多人赠送亲朋好友的佳品。通过网络，他们也了解了不少发家致富、科学管理的信息，学习了很多富国富民的好政策，这使他们对发家致富奔小康更加充满信心，增强了把家乡变成陶渊明笔下的桃花源的信念。

谈兴正浓之际，女主人端上了可口的饭菜：香椿拌豆腐，小葱土鸡蛋，凉拌荠荠菜，苜蓿芽做的菜馍。菜还没上几个，我们这些"城里人"早已止不住口中的涎水，迫不及待地狼吞虎咽起来，完全忘记了矜持和斯文。香气四溢的酸汤饸饹、回味悠长的酸辣搅团、原汁原味的家乡"驴蹄"，让我们个个吃得腹胀肚满，连弯下腰都有点吃力。就这，还不忘叮嘱再带些菜馍、饸饹和搅团。

太阳渐渐偏西，我们该踏上归程了。淳朴的主人还热情地邀请我们在鲜桃成熟的季节来品尝，共享丰收的果实，并提出要开车送我们，此时我才发现，在院子的大棚底下停着一辆黑色的越野车。在感慨之余，我们婉言谢绝，依依不舍地离开。

挥手之间，看着他们站在桃花园畔，盛开的桃花映在他们的身上，甜美的笑容挂在他们的脸上，我想，幸福的喜悦一定荡漾在他们的心田。远处袅袅的炊烟，把我的遐想拉得很悠长，很悠长……

耳环

父亲当了近30年民办教师，临近退休才转为公办教师，便用他转正后第一个月工资为母亲买了一副耳环。

这时的母亲，耳垂上戴着精致的铂金耳环，光彩夺目，淡雅脱俗。母亲虽已年近花甲，但仍神采焕发，偶见活泼调皮的神气，时而也显出几分羞涩；一直站在一旁静静凝视着母亲的老父亲，虽已是皱纹衬着两鬓的银丝，但脸上泛着红光，那厚实的嘴唇显出一种和善悠闲的神态。

父母亲结婚是在1958年。那时候人们正处在轰轰烈烈大干的年代。父亲意气风发，年轻能干，是村里的青年队队员；母亲是对面村子的一家大户女子，聪明漂亮，温柔贤惠，一双又粗又长的大辫子扎在脑后，明亮的眼睛里透着青春的气息，时常还在村里的戏台上扮演梁秋燕，演出《拾棉花》之类的戏曲。

他们的结合是姨父做的媒，外爷当时说啥也不同意，嫌父亲家里穷得几乎一无所有，况且还有多病的祖母、幼小的姑姑。后来，外爷还是经不住姨父的软磨硬泡：夸这小伙人品是多么的优秀，对父母是如何的孝敬，是怎样的勤劳能干，终于同意了这门亲事。

据父亲说，订婚的花销还是借来的。

结婚之前，由于当时封建传统思想的束缚，两个人几乎没见过面，更谈不上感情的交流。只是有一次，父亲给农业合作社食堂帮忙，因不慎被开水烫伤腿而住院，母亲听说后，去医院探望。到了病房门口，害羞的她迟迟不好意思进去，在别人的推拥下，终于进了病房。站在病床前，只是默默地看着，没说几句话，就离开了。

父亲14岁时，祖父就因病去世了，年幼的他就担起了养家糊口的重担，常年有病的祖母需要照顾，天真幼稚的姑姑需要抚养。为了不经常麻烦村里的赤脚医生，他学会了打肌肉针，自己给祖母配药打针。遇上半夜三更祖母病情严重，他总是深一脚、浅一脚地去敲医生家的门，身后往往跟着年幼的姑姑，因为两人都很胆小。村里有人讥讽说：他能娶上媳妇，除非太阳从西边出来。

结婚那天，送客和贺客总共十几个人，吃了一顿萝卜豆腐片片面，便算仪式结束了，没有花轿，没有鞭炮，更谈不上金银首饰之类的定情物了。可是婚后没几天，母亲发现新房里唯一的家具——一张老式的两斗桌子不见了，问起，父亲才吞吞吐吐地说是借来的，已还人家了。更让母亲伤心的是，熬娘家回来，自己的新房已搬到了家里唯一的一孔土窑洞里——就连新房也是借来的，邻居催得紧，不得不还人家了，父母与奶奶、姑姑同住在这里。夜晚，泪水湿透了母亲的大半个枕头。

天下没有把人难倒的事。生性都很要强的父母亲第二天便开始筹划自己盖房子。没有木料，自留地里还有棵老桐树；没有砖，自己动手，白天在农业社干活，晚上夫妻二人点着煤油灯，冒雨和泥打土坯；没有瓦，白灰搅上黄土、水，配成"三合土"，遮风挡雨。在姨父及众多亲友的帮助下，两个月之后，一座土棚子盖好了，夫妻这才高高兴兴地搬进真正属于自己的新房。

父母亲一起生活了近50年，从未红过脸、吵过架，俩人相敬如宾，相濡以沫。倒有一件事常使父亲耿耿于怀，有愧于母亲。他常想象着，即使母亲不穿华丽时尚的衣服，只要佩戴一对精致剔透的耳环，就足以显得高贵典雅。在当时，"耳环双坠宝珠排"是尊贵的象征。

由于生活所迫，性格有点内向的父亲经常紧锁眉头，沉默寡言，倒是乐观的母亲不时地劝导他，安慰他。平日里生活中的磕磕碰碰，不但没有使他们产生矛盾，倒是增进了夫妻的感情。现在才明白，父母的爱是深沉的，恰似一杯浓茶，开始时是苦的，细细品味却有缕缕的清香。

20世纪70年代初，只有初小文化水平的父亲被推荐当了村民办教师，每月除了一天挣十个工分之外，还有几元钱的津贴，总算让多年生活拮据的父母多了一丝慰藉。可是好景不长，随着我们这些儿女渐渐长大，吃饭穿衣成了新的问题；祖母已是风烛残年，靠药维持；姑姑已到了出嫁年龄，陪嫁物什也得顺流随俗；再加之"大锅饭"式的生产队，人心涣散，天灾人祸接踵而至。这林林总总的障碍虽气势很大，但没难倒风雨兼程的父母。他们像山一样，是那种遇到挫折更加坚强的人。父母默契地达成了一个家庭约定：女主内，男主外。父亲的上班时间多，闲暇较少，母亲则顾全大局，像一座大山，担起所有的重担。"大家闺秀"的母亲曾经晕倒在床，不过，一想到父亲的默默支持，便又心气大增。除操持家务应付乡俗外，母亲还主动在劳作之余，将自留地的蔬菜水果偷偷地拿到市场去卖，以补贴家用。有时耽搁晚了，误了一天仅一趟的班车，母亲就徒步从几十里外的城里赶回来，还要为在家久等的大人和孩子们做饭。记得那一次，我和母亲搭班车去城里卖苹果，由于车上人拥挤而我个头小，车门夹住了脚，水果篮也被夹扁了，苹果洒了，车上地下到处都是……

对于和时间赛跑的人来说，时光总是衔枚疾走、白驹过隙的，转眼到了改革开放。否极泰来，好政策使得一切都春和景明，欣欣向荣。父亲的背虽不再挺拔，声音不再洪亮；母亲的手不再娇嫩，容颜不再美丽，但他们以身处逆境的力量背负起整个家园前行。

终于苦尽甘来，父亲可以如愿以偿了。

买耳环那天，父亲特意穿上了只有上课才穿的蓝色中山装，在父亲看来，母亲就是自己"珠圆玉润的宝物"。在这点上，也只有这一点上，父亲没有听母亲的，毅然地、毫不含糊地为母亲买上了一对金耳环。母亲回忆那天，父亲拉着戴上耳环的母亲，在大街上转了一圈，不知赢得了多少人惊羡的目光。我想这不仅仅是一对耳环的魅力吧！

现在回想起来，父母携手走过的路程，凝聚了一段历史，一段冬天里也有花香的历史；一个神话，一颗泪珠也会唱歌的神话。父母的一生，是一次爱的航行，为我们遮风挡雨，濯洗心灵，陪我走过孤独，走过失败；教我在风霜中昂首挺立，走向成功。给我留下的是相濡以沫、相互扶持，让我放在心中，用一生去慢慢咂摸品味。

父亲

再过几日，就是父亲的 76 岁生日！

多少年来，好多次我都有写写父亲的冲动，但总难以下笔，真有一种"纵有千言万语，不知从何说起"的感觉。人到中年的我，虽然工作生活忙碌繁杂，但不免在闲暇之余，时时想起日渐年迈的父母亲。

当年风华正茂的父亲，如今已是头发花白、步履蹒跚的老人，但矍铄的精神和硬朗的身躯仍显示着父亲的乐观坚强，那微驼的脊背和刻满皱纹的脸上分明书写着饱经沧桑的人生。

20 世纪 50 年代初，在父亲 14 岁时，爷爷突发疾病，撒手人寰（至今都不知因什么病而逝），留下了年幼的父亲、体弱多病的奶奶，还有才 8 岁的姑姑，家庭生活的重担全部落在了一个年幼的孩子身上。正在上学的父亲被迫离开了自己心爱的学堂，开始了放牛割草、种地养家的生活，不会犁地，不会扬场，抬不起垛子，扛不起房梁。白天，母子三人在地里干活，到夜晚娘哭子愁，好不悲伤。

村里人冷眼观望，冷嘲热讽，看一个孩子如何支撑起这个本来就很贫弱的家，如何养得活这几口人的命。更有人私下议论道："这家人毕啦！""他能娶上媳妇，除非日头从西山出来。"

然而，父亲没有在丧父的悲痛中沉沦，没有破罐子破摔，茕茕孑立的父亲默默地担起了生活的重担。家境贫寒造就了父亲坚韧乐观、勤俭好学的性格，孕育了父亲正直善良、明理豁达的品质。

人民公社化运动开展后，村上成立了青年队，父亲积极报名，村镇搞各种活动，父亲更是踊跃参加；村里的大小红白喜事，帮忙的人中总少不了父亲的身影。没过多久，父亲便被当年的村镇领导相中，担任了村上的一名小干部，很快便入了党，并被选派到省城参加农村干部培训班学习，这也成为父亲一生引以为豪的事情。学习班结束回到村里，父亲的热情和积极性更高了，整天为村里的事情奔波忙碌着。上市里，跑项目；去省城，购设备，使村里成为全镇最早通电，最早用上电磨子的村队之一。自留地里的庄稼农活全扔给了年幼的姑姑和有病的奶奶。后来父亲回忆说："那时候，自己张着哩。"

父母结婚那个年代，没有花轿，没有鞭炮，更谈不上金银首饰之类的结婚纪念物了。好在母亲也没有一句怨言，下决心跟定这个小伙了。两年后，他们的第一个孩子降生了，是个男孩，全家甭提多么高兴，视为掌上明珠。可惜孩子在 1 岁多时不幸夭折了。这给本是独生子的父亲增添了无限的悲痛，全家人如同霜打茄子般凄凉万分，好几年都未缓过神来。我的出生给全家带来了无比的欢乐。虽然体弱瘦小，可还是个男孩，尤其是在农村重男轻女观念比较浓厚的年代，显得更为金贵。

"文革"之初，为人正直、诚信友善的父亲不愿参加派别的争斗，于是便选择了离开，随同几名乡亲，背上行李，外出打工。

村里要成立剧团，当然少不了父亲。凭着自己对音乐戏剧的钟爱和天赋，父亲积极投入，拜师学艺，勤学苦练，学唱腔，学乐器，学乐队指挥，样样得心应手，很快便成为剧团的核心人物。剧团先后排演了传统戏《游龟山》《铡美案》《游西湖》《苏武牧羊》等，现代样板戏《红灯记》《智取威虎山》。父亲不但排演指导，而且兼任演员。据他说，还曾代表镇上到市里汇报演出，并得到好评。现在说起来，父亲还是满脸自豪，津津乐道，乐此不疲。

20 世纪 70 年代，村里的学校缺代课老师，村干部便选中了父亲。从此，父亲便成了一名小学民办教师，走上了教书育人的道路。这一干就是 30 年，临近退休，才转为公办教师。

村里的学校实在是简陋，几孔破窑洞，十几张破桌子，板凳高矮不齐，歪七扭八，还有一群年龄悬殊、缺少教育的孩子。既然选择了这个职业，那就要把它当事业来干，这是父亲做人做事的信条。于是，父亲自己动手，泥墙刷墙，修理桌凳，制作宣传标语标牌，书写课程表、作息时间表等，很快把一个自然村小学整治得有模有样。

他对他的学生可谓是既严厉又慈祥。哪个孩子毛笔字写得不好，他会手把手地教他写；哪个孩子不用心，投机取巧，他会惩罚，站在孩子身边指导；哪个孩子有头疼脑热，他便会亲自通知家长领回治疗；哪个孩子好几天没上学，他要登门询问情况，待其回校后亲自补上所耽误的课程。

我有幸成为父亲的第一批学生。记得有一次，冬天下课上厕所，人很多，我一着急裤带解不开，差点尿到裤子上，好不容易解开上完厕所，上课却迟到了。严厉的父亲竟然罚我站在教室门外，刺骨的寒风夹杂着雪花吹打到我的脸上，我疼痛，委屈，流泪，心里想：这是不是我的父亲？我是亲生的吗？回家告诉母亲，母亲还未责怪父亲，父亲便把我搂在怀里说："今天爸爸错怪你啦，委屈你啦。"听完，我似乎明白了点什么。不过，以后上课迟到的人却没有了。那时候农村小学中午有午睡的时间，有一次，我和几个小伙伴睡不着，开始时偷偷说话，后来竟然在教室里追逐打闹起来。父亲发现了，二话不说，眉头一皱，上来就是一个耳光。我当时都蒙了，一边啜泣一边嘟囔："干吗就打我呀，我可是你的儿子，为啥不打其他人呢？"放学后，少不了哭诉给母亲和奶奶，母亲一边心疼地抚摸着我泛红的脸蛋，一边安慰道："这是打黑牛吓黄牛哩。"当然，避过我，父亲自然少不了母亲的责怪。不过从此，我更加严格要求自己，在学校父亲就是老师，回家才是爸爸。这也使我养成了以后做人做事谨慎有余、凡事认真的习惯。父爱蓄于心，藏于情啊！

时间到了20世纪80年代，农村开始实行家庭联产承包责任制，家里分了责任田，耕种碾打、犁耧耙糖之类的农活接踵而来。妹妹弟弟年龄小，不会干活，我又在外工作，无暇照顾家里，家里的农活全部留给了父母亲。父亲一边在学校教书，一边在放学后帮母亲在地里忙碌。家里的土窑洞被水浸湿了，不能居住，有倒塌的危险，争强好胜的父母开始筹划盖新房子。在当时农村，这可不是一件很容易的事情。父亲作为民办教师，一个月只有7元钱的津贴，家里没钱怎么办？父母一狠心卖掉了口粮，买砖瓦，购材料，求亲朋，请村邻。没过两年，在好心乡亲的鼎力帮助下，窑洞箍好了，我们欢欢喜喜地搬进了新家。然而，有谁知道，有多少个夜晚，父母为筹建新家辗转难眠；有多少个傍晚，父母为建新家挑灯夜战；有多少个白天，父母边干农活，边为今后的生活做好盘算；又有多少个日子，父母为我们兄妹的未来操碎了心。现在想起来，只恨自己太实太傻，作为长子，为父母分忧解难实在太少，时时感到心里不安，时时有说不出的心痛和心酸。

为了生计，家里养了鸡，养了猪，以换取柴米油盐。有一年，家里养了头猪，长得膘肥体壮，父母思量着，把猪卖掉将有不少的收入，用这钱来干这买那，一切都谋划得井井有条。可是，天有不测风云。猪得病了！原本要买我家猪的人也联系不上。父母连夜找人宰杀，第二天天不亮，俩人用架子车将猪拉到30里外的市里，准备便宜卖掉，走时着急连家门都忘记上锁。到了市里，内行人打眼一看，就知是病死的猪，无人敢收，无人敢要，并且还告知，千万不能让工商、卫生防疫部门的人知道，知道了不但要没收销毁、罚款，闹不好还要坐牢。本来就老实本分的父母拉着车子，掉头就跑，跌跌撞撞不知走了多远，总算找到一个僻静没人的地方，匆忙扔掉。回家路上，一天粒米未进、滴水未喝的父母只是低着头拉着车子，艰难前行。没人说话，没有了来时的希望和憧憬。一回到家，母亲便趴到炕上痛哭起来，父亲在一旁低头叹气。一年来辛苦劳作的成果顷刻间烟消云散，还搭进了父亲近一年的津贴。后来每每回想起来，父亲还是感到惋惜和懊悔。惋惜自己的辛苦白费，懊悔自己当时的冲动与鲁莽，差点做出违法的事。他同时还告诫我们要遵纪守法，不要做伤害国家和人民的事。

父亲对我们管束很严。我们兄妹在父亲面前总是谨小慎微，做事尽量反复掂量，三思而行，生怕做错受到批评或埋怨。父亲做事谨慎稳重，我们兄妹极少当着父亲的面说些牢骚话、说大话空话，即使我们结婚以后也是这样，看来，父亲对我们的影响已根深蒂固了。父亲的一生没有轰轰烈烈、惊天动地，是极其平凡普通的一生，但他那"干一行，爱一行"的精神时常地激励着我们，感染着我们。

父母老了，不管年轻时多么的雷厉风行、风光无限，岁月总是毫不留情地将他们的一切摧残，让他们一年比一年虚弱。每次离家，看到父母站在家门口的场畔上送我们的身影，都显得那样瘦弱矮小，显得那样孤独单薄。每次打电话询问，电话那头父母总是乐呵地说"都好着哩"，说不定他们正在患病，不舒服，只是他们不想麻烦儿女，怕耽误公家的事。多少次，我们都让他们来城里居住，他们总是婉言谢绝，说："乡下空气好，住着舒服。"实际上，我们知道他们害怕打扰我们的生活。每当那个时候，我的心里就总有一种恐惧，害怕他们在某一天忽然离开，我就会永远失去生命中最重要的亲人。唯有那个时候，我才感觉生命是多么的脆弱，才感觉一直为名、为利、为情所累是多么不值。我不想在失去后才懊悔，有机会的时候，尽可能为父母多做一点事情，让父母开心，也让自己无悔。

父亲就是这样一个人，他的肩膀可以承载你所有的世界。

"谁言寸草心，报得三春晖。"为人子者，当趁着父母亲健在时多尽孝道，别留下错失之憾；为人父者，当秉承"父爱如山"的情怀，呵护教育好自己的子女，延续千百年亘古不变的话题。

母亲的生日

现在的年轻人，都记得自己的生日。生日这天，总是会邀朋唤友，相聚庆贺。有的不仅要过公历，还要过农历，好不快哉，好不乐哉！当然受邀的朋友免不了礼物相赠。然而，有多少人能清楚地记得父母的生日，又有多少人懂得自己的诞生之日正是母亲的受难之日。

在我的记忆中，母亲从没有过过一个像样的生日。然而，她却把儿女们的生日记得很清楚，很准确。我们小时候，尽管家里生活十分困难，母亲总要想方设法在生日这天给我们改善一下。哪怕是煮上一个鸡蛋，偷偷放在你的碗底。后来，我们长大出门在外工作，她逢我们过生日仍不忘想办法提醒一下，或捎话告知，或打电话叮嘱，当然也包括我这个已逾天命的长子。唯有她自己的生日却老是"忘记"。

母亲是姥爷的小女儿，可谓是掌上明珠。虽说姥爷不是良田千顷、房厦百间的大财主，可姥爷家还算殷实，也算是大户了，不愁吃，不愁穿。母亲的童年衣食无忧，还读过几年小学。但是自从嫁入我们家后，生活却十分艰辛。家里可谓是上无片瓦，下无插针之地，唯有土窑洞一孔可供栖身，常年有病卧炕不起的奶奶，年幼无知、嗷嗷待哺的孩子，更是增添了生活的艰难。父亲当民办教师，挣的是"高工分"，但还是入不敷出，年终生产队决算，几乎年年是"超支户"。就是这种家境,在母亲的精心操持下,日子过得有滋有味,不但供养我们兄妹学业有成,而且日常生活中从未缺吃少穿。

然而,有谁看见,多少个夜晚,油灯下母亲缝补衣袜的身影;有谁注意过,多少个寒冬里,小河边母亲浆洗衣服的情景。又有谁用心关注过,多少个日子,避过老人孩子,母亲一人躲在灶房里吃野菜的景象;多少个白天,母亲强打精神,夜晚垂泪到天明……

这就是母亲,坚强的母亲,伟大的母亲!

20世纪80年代后期,我们也到了成家的时候,母亲的操劳更多啦:不仅要在承包地里干活,儿女的婚嫁、子孙的照看管护,无不让母亲挂在心头。而我们这些当儿女的,也只顾了自己的事,没有把母亲的生日放在心上,也没有给母亲过过一个生日。现在看来,真是一个不可饶恕的失误,时时想起,愧疚之感不绝于心。

转眼间,刚强的母亲步履蹒跚了,乌黑的头发花白了,挺拔的身躯也有点驼背了,曾经明亮的眼睛也变得模糊了。每当我们回家,她总是拖着患疾的双腿,一瘸一颠地忙前忙后,询问吃啥喝啥。看到我们吃得津津有味,她在一旁露出了满意的微笑。当问起她身体时,她总是显得很轻松地说:"好着哩。"每每听到这话,我们总是心里隐隐作痛,其实我们知道母亲不想麻烦我们,害怕影响我们的工作。

这些年来,多少次我们让母亲来城里小住几日,可她老人家总是婉言谢绝:"乡下空气好,住着舒服。"在想我们的时候,就让父亲给我们打电话:"最近都忙啥呢?不打个电话。""公家的事好好干,诚实待人,老实做事。""你们干好了,就是爸妈的福气。"

是啊，几十载的风雨飘摇、辛苦劳作，诠释着母亲的平凡和伟大：一针一线，一言一行，一茶一饭，母亲用默默的爱接纳并包容了我们的一生；时光渐长，浸染了岁月烟火的母亲，唯有对我们的爱始终如一，不曾改变。母亲的爱是世间一切美好情愫的汇集，这种爱可以照在脸上，握在手里，写在心底。

"树欲静而风不止，子欲养而亲不待。"我们不仅要给父母过好生日，更要常回家看看，不给我们留下太多的无奈和遗憾。愿母亲健康平安，鹤寿延年，福如东海长流水，寿比南山不老松。这是我们的祝福，也是我们的祈盼。

农历十一月二十一日是母亲的生日，我怎能忘记，怎敢忘记？我要牢牢地记住，清楚地记得！

愿天下所有的母亲，儿女团圆，幸福安康。

秋染柿子红

霜降已过，秋意渐浓。又是一个风轻云淡的日子，携妻驾车回老家探望父母，正赶上村里的乡亲们卸柿子。

抬眼望去，嫩嫩的麦苗已将田野铺成墨绿色，一垄一片的。桃树、杏树、苹果树已失去了往昔的光彩与宠爱，在飒飒的秋风中摇曳着，唯见不远处数棵高大的柿子树依然傲立着，乍绿还红的树叶下挂满了金红色的柿子，似一朵朵红云飘满枝头。红的透亮，黄的泛金，或累累然，或垂垂矣，一嘟噜，一疙瘩，红彤彤，水莹莹，赛玛瑙，似红灯，鲜艳至极，照亮了乡亲们的心，看得行人为之心醉。大姑娘、小媳妇们正拿着竹竿，在树上夹柿子；树下的孩子们在呼闹着要吃"蛋柿""老鸹鸹";还有那绿树掩映中的村舍,红砖白墙,阡陌相交,袅袅炊烟,蓝天白云下飞过的鸟群,简直就是一幅绚丽的"写意秋丰图"。就连我这个本乡本土人都心醉神驰,赞叹连连,却道"柿红好个秋"!

我的家乡便是鲜桃胜地、姜女故里孟家原。这里也以柿子闻名。

家乡的柿子主要以尖柿为主,还有零星方柿、鸡心黄柿,后者又称舌尖黄柿。方柿、鸡心黄柿用温水浸泡十几个小时,除去涩味便可食用,这个过程称为"暖柿"。尖柿则要趁硬用草绳穿起来,挂在阴凉的地方,既要保温,又不能受冻,当地人称为"挂柿"或"吊柿"。待到冬天来临,柿子变软,晶莹透亮,黯红甘甜。在大雪纷飞的日子,取下数个柿子,放在盘子里,盘腿坐在热腾腾的炕上,拿起一个柿子,轻轻地吹去上面的浮尘,慢慢地剥去薄皮,鲜红的果肉便露了出来。这时你可以张大嘴巴,美美地吸上一口,清爽甘甜顷刻间滋润脾胃,香溢心扉,回味无穷,正所谓"味过华林芳蒂,色兼阳井沉朱"。在前些年,这可是乡亲们冬天里的奢侈品,只有贵客临门才会享受如此招待。

柿饼是每家必做的美食。不能挂吊的柿子被挑了出来,用特制的工具将皮旋掉,再用绳子穿起来,放在阳光下晾晒。等到柿子黑红且软,将其捏成饼状,两个一合,铺在晾干的柿皮上,一层柿饼,一层柿皮,放在坛子或罐中密封。过上两三个月,柿饼上的糖分渗出变成白霜,就可以吃了。逢上过年,端一盘上来招待客人,客人连声称赞,主人则笑眯了眼,自豪和满足洋溢在脸上。

"柿红飘远香,皆因故人来。"

小时候,我家旁边有棵高大的柿子树,树龄恐怕比我的年龄还大吧。在我童年的记忆里，柿树粗壮高大，夏日里，枝叶茂盛，华盖如荫，遮天蔽日，树下便是我们快乐的天堂。

橘黄清香的柿花落去不久，米粒大小的柿子很快就长成了纽扣般大，油绿油绿的，像绿色的翡翠珍珠。我们欢快地捡拾起被风吹落了的小柿子，称为"柿疙顶"，当然也有我们故意摘的，用线绳穿起来，做成项链或手串，男孩子扮成沙和尚，女孩子便成了骄傲的公主。我们在树上攀上爬下，在树下嬉戏打闹，尽情地享受童年的快乐。欢闹声中，盛夏已过，青涩的柿子已慢慢地变成了橘黄色，像学会变脸的顽童，狡黠地笑着，在枝头跳着、闹着，直到把枝条压弯才肯罢休。

"七月核桃八月梨，九月柿子红了皮。"寒露刚过，柿树的叶子便开始逐渐变黄，继而变红，橘红的、金黄的柿子也从树叶下露出了笑脸，仿佛在说："我们成熟啦，快来摘我们吧。"孩子们早已按捺不住激动的心情，几乎天天在守望着柿子变红，等待着摘卸柿子的日子。

这天终于来到了，我们早早地吃过饭，帮父母收拾绳筐，拿上夹杆，拉着车子去卸柿子。一到树下，我们便急不可耐地爬上树去摘早已瞅准的蛋柿，完全不顾树下妈妈担心的惊呼："柿子树枝脆，容易折断……千万要小心！"爸爸用夹杆对准一嘟噜柿子，用力顶紧，轻轻一拧，树枝便折断了，然后小心翼翼地收回夹杆，两三个红艳艳的柿子便落地了。妈妈则忙着把卸下来的柿子收拾整理，分类装筐。其实，每年树上的柿子是不用摘得干干净净的，爸妈说，要留一些给喜鹊等鸟儿们吃的，期望它们能给来年带来福气，再有更好的收成。

在那些久远的岁月里，柿子可是乡亲们重要的生活和经济来源。每年卸回的柿子都精心地收藏，待到冬日农闲时挑到集市上去卖，特别是在那物资极度匮乏的年代，用以补贴家用。卖柿子可不是一件轻松的事，这需要强壮的身体和极好的耐力，只有挑到几十千米外柿子少的老县城或市里，才能卖个好价钱。小时候，我也曾带着弟弟妹妹担着柿子到集市上卖过，那辛苦劳累自不能言表。但是，用卖柿子赚来的几元钱去新华书店买上一本连环画，或兄妹三个到街道上的食堂里喝碗鸡蛋汤，却是让我们兄妹十分快乐的事。至今，那种味道、那种感觉依然萦绕于心，久久不能忘怀。

不知不觉，到了知天命的年龄，父母也到了古稀之年。然而，家乡的柿子树还在，依旧给像柿子树一样任劳任怨、奉献一辈子的乡亲们带来火红的希望。这几年，村上大力发展种植业，柿子、鲜桃已成了乡亲们致富的法宝，上门订购、收购的人络绎不绝，乡亲们再也不需要顶着严寒去沿街叫卖。

清秋静美，秋韵无穷。我爱故乡秋天这个火红的季节，摇曳在金色夕阳里的柿子，向着脚下挚爱的土地挥手致意，红红的、软软的、甜甜的，写满了秋的成熟、秋的收获，勤劳的人们正以饱满的热情收获着沁人心怀的甜蜜……火红的柿子，甜蜜的味道，扰动着我浓浓的乡情，装扮着我绚烂多彩的梦。

（石宏印，孟家原人，现供职于铜川市三中）

求 学 旧 事

石富善

父亲当了一辈子农民，没有文化，也认不得几个字，但他给予我的教诲和力量，比历史上任何一位大师、伟人都多，在我的心目中，他永远是我人生和生活的导师。

许是祖祖辈辈都是种田的庄户人的缘故，父亲一生都羡慕和看重有文化的人。记得我很小很小的时候，父亲就教诲我：世上文人最厉害，世上文人最有材料，世上文人最有能耐，你要争口气，当个有文化的人。或是深受了父亲的影响，或是秉承了父亲的某些心性，从小瘦弱的我，唯一的兴趣就是看书学习。家里的生活很贫困，但这丝毫没有动摇父亲一心要把我供养成文化人的决心。

就这样，我听父亲的话，好好学习，天天向上，念完了小学念初中，再念高中。高中毕业那年（1981年），我17岁，没有考上大学。大哥大姐他们已经没有让我补习的意思，可父亲态度很坚决："补习，让娃补习，不但要补习，而且还一定要考上大学！"这正是我的心愿，我从内心深处最想补习，因为，虽然毕业那年没考上，但在应届生中，我的文科成绩是最好的。当时大学录取分数是330分，我考了289分，这个我记得很清楚。

就这样，在父亲的极力支持下，我背着书包，提着馍篮，又毅然走向了学校……紧张而又艰辛的一年一晃就过去了，结果我又没有考上。这下，大哥大姐他们就埋怨上了，并说了不少的泄气话、打退堂鼓的话。但父亲神情沉重冷峻，我从他的眉宇间看到的是自信、镇定和希望。父亲沉静地说道："补，让娃再补！"

就这样，我带着一颗沉甸甸的心，又一次投入了补习的生活之中。没觉得，一年时间又过去了。这一年，我又没考上。记得考了405分，离录取还差20多分。

那些日子，我承受着巨大的心理压力，不仅仅为我自己悲哀着，同时，更为父亲悲哀着。我从内心斥责着自己，这样的没出息，没能给父亲争上这口气，父亲已经是62岁的老人了。此刻，我甚至怀疑起自己的能力，那时，我确实都快有点"信命"了，但很快我镇定了下来，从内心里燃起了希望的烈火，又重新获得了信心。我从身边一同学连续补习四五年，最终考上一所中专学校的经历中找到了力量。我对父亲讲："再给我一次机会吧！"父亲只是沉默着，既没有反对，也没有表示支持。

那年秋季开学前的一天，父亲带着我到了大姐家。晚上，父亲、大姐、大姐夫在一起谈论我上学的事。我一个人在院子里、大门口徘徊，我隐隐约约听见他们说得很激烈。大姐、大姐夫倾向于让我回家务农。但我分明听到了父亲的声音："现在石碾子快推上坡顶了，而又要松手，这不全完了？这样罢了，让村上那些敌视咱家的人非笑死不可。"父亲好像鼓足了最后的勇气，顶住了最大的压力，也下了最大的赌注，他决定："继续补习，一定要考上！"

正是为了给父亲争这一口气，我又义无反顾地投入到了至关重要的第三年补习生活。学习是异常艰辛的，我起早贪黑，从不计较吃穿，唯一操心的就是自己的功课，关心的就是自己的成绩。时间一天一天地逼近高考。我的心也愈来愈沉重，高考前的几次大型模拟考试，我也没有考好，这更增加了我的负担和忧愁。我简直不敢想象，要是再有个闪失，再考不上，我该怎样去见我的父亲，我该怎样继续生活下去？一切的一切，都很茫然、悲凉。但有一点我是坚信不疑的，这就是：我自信我肯定不会、也不可能当一辈子农民，我肯定会离开农村的，肯定会靠我的脑子、我的文化和知识生活的。这并不是我不爱自己的故乡，不爱农村，看不起下苦的劳动者。恰恰相反，我从内心深处最关注和爱戴像我父亲一样终年辛苦的农村人、劳动者。正是为了改变这些人的命运，解除他们异常沉重的负担，我才发誓要好好学习，做一个有所作为的人。

或许是我的心太诚了，父亲的愿望太强烈了，"心诚则灵"，命运之神也被感动了，让我顺利、成功地度过了那惊心动魄、魂牵梦绕的三天。

高考成绩出来了，我终于考上了！我考了 485 分，在我们那所中学里考了个文科第一，比当年高考录取分数重点线高出二三十分。

这是激动人心的时刻，这是石家祖祖辈辈盼了多少年的时刻。父亲舒心地笑了，他老人家紧缩了大半辈子的眉宇终于第一次舒展开了，他体味到了从未有过的自豪、幸福和满足。我终于给父亲争了气，终于实现了自己上大学的梦想，被陕西师范大学中文系录取。

上大学走的前一天，父亲、母亲准备了很多好吃的、好喝的，招呼亲朋好友，一起庆贺我考上大学。石家大院洋溢着成功的喜悦和欢笑，这是从未有过的。

（石富善，孟家原人，现任铜川市农业局副局长）

草木茂盛的家园

梁亚谋

老院子

一直喜爱草木，可能因为我来到这个世上的时候，人世给我的最初烙印是鲜艳明亮，草木茂盛。

我于20世纪60年代初出生在梁家原一队一个叫张那的小地方，这地方偏于一隅，离村中心较远。现在回想起来，张那的地形大体如一个巨大的倒竖的"凹"字，这倒下的"凹"字如弯曲的臂膀，包裹着我们两户本家人。我家有三孔土窑洞，两大一小，家中爷爷孙孙十来口人。二爷家四孔大土窑，院中有一排坐东朝西的厦子房（一边盖的胡基瓦房），有身板高大的二老婆（排行老二的老祖母），四代同堂。婆和二婆都裹了很小很小的小脚，但都生育了四个高大的儿子和三个远远高于她俩的姑娘。挨着二爷家是一处老院落，稍向前突出，被水淹过，只有一孔旧窑洞，崖面有两处明显的塌陷，无院墙，当时无人居住，上上下下都是树。与梁家原那时的大村子大堡子相比，这里真是个弹丸之地。而这个小小的地方，却到处都长着树木。

院内多树。我家院中有一大架葡萄和一棵大杏树，还有一株细而高、两股树身辫着长的苹果树和一棵石榴树横长在厨房前，一片车前菊开在细高的苹果树下。二爷家的厦子前，有三棵大果树——两棵苹果、一棵花杏（沙果），遮盖了大半拉院子。厦子房后面是一棵大杏树、一架葡萄，还有几棵大桐树长在高墙下。

院外什么树都有。低矮的是花椒树和花杏树，高大的是桐树、杜梨树和洋槐树。沟边有一棵大杏树、两棵石榴树、两棵大梨树和六棵大柿子树。没有树荫的地方，长着蓖麻和稻黍；没有蓖麻和稻黍的地方，被密密的草覆盖着，只有门前树荫下的一片光地可供我们几个小孩玩耍。那时的喜鹊、粟子（小麻雀）、乌鸦、布谷和鸳角子（一种猫头鹰）可真多，特别是在早上和傍晚，像是在赶会，鸣唱声此起彼伏，热闹得我们无法安心游戏，就在地上寻找些小石头和树枝打撵它们，可近处的鸟儿只是稍停一下，接着气我们似的，叫声更欢了。跑到对面原上望过来，高大的树冠如巨盖，一片浓浓的绿荫密密实实地笼罩着张那，看不清墙院楼门，像没住人家一样。

站在门前，隔沟望去，对面山原下是一队和二队连在一起的看不到边际的果园。那时，幼小的我曾猜想，果园的一头是不是在太阳升起的地方，而另一头在太阳落下的地方。果园带的上方，是一层层宽大的梯田，春暖花开，景色最美。院中院外、沟对面，满眼尽是花红花白，深深浅浅，鲜鲜艳艳，一团团，一片片，五彩缤纷，似霞若雾，我在画中，家园在画中。

这是树美草美的地方，是外婆家所在的大山里。

外婆家在黄堡豁口村的南沟，直到长大懂事后才知道，那时的马安豁（马村、安村、豁口）是人们认为的黄堡最贫穷落后的地方，可我却觉得，那时的外婆家是世界上最好的地方，是我与弟弟妹妹年幼时最爱去的地方。外婆家一家20多口住在一座大山下，家的周围好像什么果树都有，花杏、杏、桃、枣、苹果、梨、柿子、胡桃，吃了新鲜的还能吃晒干的和冬藏的。夏秋季，这里更是我们的欢乐园，地边、墕上有我们吃不完的蜜子、茹茹和刺梅果（这几种都是渭北农村常见的野生植物），又多又大又甜，别处是没有的。还有沟底的泉水，清清凉凉的，流满了水的大石窝，像大澡盆一样，由我们任意扑腾。

外婆很慈祥，什么时候都能拿出来点好吃的哄哄我们。外婆家所有的人都宠爱着我们，包括年龄比我们小一点的舅舅和姨姨，他们很懂事地谦让我们。还有住在外婆家较远处的王家人和陈家人，他们和善友好，也都很喜欢我们，好像我们也是他们的亲戚一样。那时，外婆家住着的山，外婆家对面的山，还有站在外婆家门前能望得见的一座座大山，不是让灌木笼罩着，就是让绿草覆盖着，蓝天白云下，有群群白羊、黑羊和黄牛，还有"一"字雁队或"人"字雁队，说不定哪一刻就从空中飘过。当第一次读到"天苍苍，野茫茫，风吹草低见牛羊"的诗句，我端直认为描绘的就是外婆家那里的大山。它有宽大平坦的山顶，秋天，那里金黄色的高草茂密而柔软，微风荡过，如绸似缎般一层层华丽地舞动，和姨们舅们玩耍其中，乐而忘归。至今，那片金色的草坪还时不时地在我的记忆深处闪亮、荡漾。

家园在心的深处，茂盛的草木在心的深处，这个世上我曾经最熟悉的人和疼爱过我的人，无论是否健在，无论能否再一次相逢，都在心的深处。

鸦叫声里的联想

仲夏，回到我的娘家梁家原，站在阵雨过后的院畔，放目四野，雨水洗后的绿色原野，清新如画。高空，一群乌鸦和一群喜鹊从容淡定地盘旋并甩下串串舒缓鸣唱。此景此声，使人心旷神怡，浮想联翩。真是久违了，我又听到乌鸦的哇哇叫声。

在我很小的时候，本家人连墙而居于倒"凹"字形的原畔之下，院中门前树木如盖，夏天的傍晚，是我们少不更事的叔侄们最快乐的时光。两个小叔领着我和堂姐弟妹们，绕着棵棵大树，跑着叫着游戏着，高兴得如同树上飞来飞去的鸦雀，叽叽喳喳闹个不停。已记不得是谁了，曾胡乱地向高高的树上扔去一个硬土块，结果砸下来一只喜鹊和一只粟子。这下可好了，每天玩到高潮，便会有人向树上乱砸一气，扔得动的和扔不动的都在扔，只是希望不要打着喜鹊，而是砸着乌鸦。因为在我们心中，乌鸦哇哇叫，当地人俗称"扫老哇"，认为是不吉利的鸟，是害鸟。可好像从侥幸砸下那只喜鹊和那只粟子后，雀鸟仍多得像赶会一样，没有人砸下过一只乌鸦。记忆中，乌鸦比其他鸟雀黑、大、叫声难听，而且飞得高，不易击中。

这不易击中的鸟在全民除害鸟运动中很快销声匿迹了。麻雀曾被列为"四害"之一。记得很清楚，队上社员曾拿着弹弓和长竿，敲锣打鼓，站在庄稼地里和树下，喊着"舞——舞——"（飞的意思），有的人还四处放鞭炮，让空中飞着的鸟不停地飞，无处可落，直到累死。与此同时，人们种玉米的时候，还按要求在地里撒上药水泡过的玉米粒，说是乌鸦和喜鹊爱刨埋在地里的玉米种，让它们吃了毒死。没有算计心的乌鸦和喜鹊果然上当，毒玉米还殃及了其他鸟雀，于是众多的鸟类陈尸四野。

麻雀是绝迹了，乌鸦也跟着绝迹，叫喳喳的花喜鹊、笃笃的啄木鸟和许多鸟儿也都没了踪影。本来就贫瘠的大地和天空一下子少了灵动和趣味，只剩下人的聒噪了。

近几年，曾在远离城市的乡村望见过一些鸟类的影子，可一下子看到这么多成群的乌鸦还是第一次。乌鸦渐渐多了，其他的鸟儿也多了，可玉米长得前所未有的苗壮，梨儿和苹果繁硕枝头。看来，爱啃庄稼和果子的乌鸦及麻雀，它们的破坏力并不那么严重，只是有些人在未全面认识它们之前，把它们想得太坏了。人有时很可笑，以貌取人，也以貌取鸟。

40多年了，在丰润的家园，再见成群结队的黑色精灵，心中感慨颇多。

（梁亚谋，黄堡镇梁家原人，现在铜川市公安系统工作）

我的精神家园

石勇强

有位哲人说：都市是乡村的儿子，乡土是人类共有的故乡。每个人都来自乡村，乡村系着我们的亲情，连着我们的血脉，永远是我们的精神家园。春节期间，我回到家乡孟家原，感受亲情，深刻体会到了家乡这些年的发展带给乡亲们的幸福。

孟家原村，距耀州窑遗址博物馆3千米，是中国古代著名四大传说之一中的主角孟姜女故里。村子位于距黄堡镇3千米的东原上，有7个村民小组。这里的柿子古今有名，过去名扬四方的"吊柿"就出自孟家原，有400多年树龄的老柿树依然枝繁叶茂，硕果累累，素有铁杆庄稼的美称。著名作家和谷在散文《故乡柿子》一文里写道："在我渭北山地的故乡，水果是很丰盛的。但留在我记忆里最深的莫过于柿子了。"

我们村石家咀是孟家原村六组，三面环沟，一面靠着安村原顶，从村委会下去，翻过一道大沟才能到，地形偏僻，沟壑相连，交通不便，是典型的渭北高原地貌。村子石姓占大多数，一百多年前从孟家原三组迁移过来，听说还有一支来自沟对面的文明原村，另有两个家教不错的史姓和王姓大家族。自我记事以来，这里自然条件就很艰苦，可以这么说："姑娘不愿嫁，小伙留不住；晴天一身土，下雨都是泥；干活跑远路，回来要翻沟；卖水果靠担，上学来回走。"村里的路不是上坡，就是下坡，去地里干活也没有一条平缓的好路，朴实勤劳的父老乡亲日出而作，日落而息，主要种麦子、玉米，20年前还种过西瓜，也栽植苹果，流汗流泪，千辛万苦。可是农产品收入有限，除了个别有家人在城里工作的家庭，大部分人家经济都困难。多年来，陆续有不少人在农闲时节去附近的煤矿干活，贴补家用，供孩子上学，我父亲和几个叔叔伯伯就在小煤矿干了20多年。

同官县（今铜川市）1949年前是国共两党交叉控制地带。从史料上看，这里有一条中共地下交通线，从富平县经过孟家原一组史家原的地下党交通站，再到黄堡街北上，当年常有革命干部被地下党护送，经过黄堡奔赴马栏以及照金和延安。听老一辈人说，耀县走出去的革命家张邦英，那时就和刘志丹、冯永实等人在耀县和同官县黄堡镇一带活动。我曾祖父石生祥1949年前跟国民政府黄堡镇干部、中共地下党员冯永实是同官县一高关系密切的同窗好友，参与了冯永实组织的一些革命活动。我曾祖父当年为人豪爽仗义，交往广泛，周围十里八乡的人都称他石哥。冯永实先生曾经安排地下党掩护毛泽东的亲家孔从洲将军的家属，他那时候常来我曾祖父在孟家原石家咀的家，跟他商讨事情。1980年后，我曾祖父已80岁高龄，还去耀州区王家砭村看望我老姑，专门跟冯永实等三位老友相聚，彻夜长谈。我记得他最后几年很少能出门，总是坐在门厅躺椅上，有时坐在炕上。有几回，我跟堂哥堂姐们在跟前玩，他慈祥地递给我葡萄吃。太阳出来的暖和天气，他就坐在带有二层阁楼的大厅里，我父亲给他理发。

由于各方面条件差，经济落后，多少年来，村民们一直都很重视孩子的教育，可谓是耕读传家。他们纷纷外出打工，坚持下煤窑，想方设法都要供孩子们考学出去，哪怕是学个厨师，也能离开乡村。今年春节，石泳老师来我家，跟我父亲石梦龙聊天。谈到村里上学出去的，他们感叹这样一个小小的自然村，几十年间考学出去的就有100多人，学子们改变了自己命运，最后又以不同形式反馈乡村，改善了家庭面貌。我三爷石志斌，1958年毕业于陕西师范学院（现陕西师范大学，我曾在职学习），分配到延安师范学校，负责延安地区14个县的教师函授工作，1960年被国务院评为全国先进工作者。他在延安工作生活了20多年，把青春年华和满腔热血献给了老区的教育事业，如今在老家安度晚年。我六爷石学时，1975年毕业于西安医科大学医疗系，骨科主任医师，曾任铜川市人民医院外科主任，他从事外科工作30多年来，积累了丰富的临床经验，具有全面的专业基础知识及扎实的专业技术能力，解除了无数患者的病痛，一直热心为村里乡亲们看病，排忧解难，赢得了好口碑。我三伯父石万时，毕业后在政府部门工作多年，乐于助人，退休后住回村里，培育一片桃园。改革开放以来，我三姑考上了医学院，叔叔们陆续参军从警。1990年后，在父母们含辛茹苦支持下，我和弟弟及堂妹堂弟们考上学。2000年后，村子里不断有孩子成为大学生和研究生，还有的去国外留学。乡亲们以辛苦换取孩子们的蓬勃生机，家族的发展跟着国家一起前进。

为了改变家乡贫穷落后的面貌，爱好园艺的石泳老师和群众经过十几年的摸索试栽，发现这里土壤和独特的小气候适宜于桃树的生长，桃子个大，色艳，味甜，口感好。他们在各级政府和黄堡镇及村上干部的支持下，依托得天独厚的地理条件，大兴鲜桃产业，先后引进新优品种 110 多个，建成桃园 2600 亩，年产鲜桃 3000 吨。通过村干部和协会负责人的努力，孟家原鲜桃越来越有名气，曾获得杨凌农高会"后稷奖"；铜川媒体多次报道，我几年前还联系陕西电视台和陕西广播电台为村子做过几次专题节目。近年来，当地巧用孟姜女文化遗产的影响，注册了"孟姜红"牌大红甜桃商标，深受广大消费者的青睐，桃子销往北京、广州、深圳，还远销到俄罗斯。孟家原村被国家农业部审定为无公害农产品桃生产基地，"孟姜红"甜桃已成为铜川的名牌产品，被国家、省、市等有关部门确认为无公害果品，成为全省"一村一品"的典范。由于桃树种植成本低、经济效益高，已经成为孟家原农民增收的重要支柱产业，农民人均纯收入达到 8000 余元，家家买了三轮摩托车，好几家都买了小轿车。

现在孟家原桃和柿子远近闻名，村子成了花果山。孟家原桃花节已成为铜川市乡村旅游的一道风景，每年四月初，几千亩桃花竞相开放，让花海中的游客体验 "人面桃花相映红"。游客们在村里挖野菜，摇纺车，尽情体验地地道道的农家生活。

每到桃子成熟的时候，城里人纷纷开车去买桃，一是尝鲜，二来散心，更有很多外地客商来收购，村子一下热闹起来了。我父母亲六十几岁了，他们过去做梦都没想到，偏僻落后的家乡会有今天的美好生活，桃花开，桃子鲜，柿子甜，苹果味道赛洛川，还有那油菜花开满原，不用出门就把钱挣了。我的发小们如今精神和物质上都意气风发，他们都已靠自己的劳动挣到了钱，吃穿用步入了小康，房子也建得不错。

站在老家门前，看着眼前色彩斑斓的台塬景致，我恍惚间又回到 30 年前。小时候，每天放学吃过饭后，我和弟弟就背着笼子给牛割草。先跟小伙伴们在村里玩顶牛和踢沙包的游戏，又分成两队打几次仗，然后看天快黑了，就匆匆跑到对面的花果山，赶着割些青草，再混些树叶充数，有时还偷偷摘点果子，压在笼底下溜回家。每次，母亲都问摘了谁家的果子，责骂我们。我就殷勤地干些活，喂牛喝水，还学着大人拿刀剁青草，有几次把指头剁烂了，现在还留着两道印记。每逢周末，我用自己做的弹弓瞄着打树上的麻雀，跟弟弟摔泥锅，拿着铁环滚到发小家里玩，或者赖在叔叔家里看书。那时，满村都是孩子，呼喊着玩跳马城、打纸叠的面包，偶尔结伴去沟里爬地洞，到树上掏鸟窝，抬头看天上各种形状的白云飘过，指着拉白线的飞机想象它要去哪里，是那么单纯又快乐。我们常常玩得忘记了早晚，直到闻见了各家做饭的香味，才依依不舍地走回家。彼情彼景，历历如在眼前。最开心的，就是我和弟弟相伴，隔一段时间，去花果山把大人们遗漏的果子挨个搜一遍，常会看到树梢高处有几个熟透的苹果和梨，还有黄里透红的杏、软得透明的蛋柿，我俩就兴高采烈，小心翼翼地爬上树摘下来，拿回家当成零食慢慢吃。回想起来，我俩就跟饿着肚子的野兔一样，在村子对面山上穿梭，大人们都很宽容地看着我们调皮捣蛋。小学毕业前，我们天天躺在家乡的怀抱，熟悉这里的一草一木，沟沟壑壑，就连山上哪一块地里的哪些树最早结出大红甜桃和沙果，我都记得清清楚楚。难忘的小山村，滋养着我们生根发芽，又目送我们开花结果。

近年来每次回家，看着村里和蔼可亲的老人们行动不便，我就感到忧伤，管你愿意不愿意，光阴慢慢带走了一个时代，曾经年轻的长辈们，逐渐都变老了。常忆起四五岁前家里的情景，在我曾祖父那一辈人于1949年前修建的两座大四合院里，一大家四代几十口人其乐融融，我爷为老大，叫厦子爷，二爷叫屋里爷，三爷叫窑里爷。几孔窑洞，两排厦子房，二层小木楼，院内蓝砖地面，青石板铺就的天井，石狮子门墩石，大门外就是拴马场、拴牛场，不远处有一坛碧玉般的池水，周边柳树青青。那时我们家人都勤快有朝气，男人在地里劳作，女人忙活家务，孩子们玩耍累了，开心地看我三爷拿回的连环画和画报。村子周围几里古槐环抱，父老乡亲们在一起热热闹闹地干活，你来我往，互相关心，虽然物质上没有现在富裕，但大家之间很有人情味。用我三姑的话说，走在小村庄里，是一派祥和风生水起的气象。如今在城里，人们都住着楼房，彼此生疏，哪有这样四代同堂、耕读传家的境况？即使是在许多乡村，青壮年也大都出去打工，留下些老人孩子，人情淡漠，田地荒芜，过去那种亲切的场景再也找不回来了。

高兴的是，习近平总书记曾经批示要求改善农村人居环境。习总书记老家在陕西富平，他自己曾在陕北农村下乡7年，同村民们亲如一家，深知农民的疾苦。农民对美好生活的向往，也是习总书记作为国家领导人的奋斗目标。近年来借助桃和柿子产业，孟家原村的村民们都致富奔小康，乡村变得更加美好了，很多进城务工的人回来能安居乐业。我也打算退休后住在孟家原村，种桃栽菜，自给自足，呼吸清新空气，学着和谷老师现在那样，回到故乡守望家园，读书写作，过着陶渊明那种田园生活，也不失为一种悠闲自在的人生吧。

每次回去，走在家乡的路上，我都心旷神怡，轻松愉快。这遥远的小山村啊，30年前，我想着要离开它的束缚，奔向远方，可是在城里待久了，我却无比思念它，怀恋小时候无拘无束、无忧无虑的乡村生活。走过很多美丽的地方，回来看自己的家乡，也是植被茂密，青草依依，沟壑相连，花果满山，人情亲切，令我魂牵梦绕。这里就是我的根，这里有我亲爱的父母，更有着我童年跟小伙伴玩乐的记忆。人们在大地上只能过一生，时光一去不返，回到乡村，我就能找到自己孩提时天真烂漫的影子。在这里住上几天，接接地气，也涤荡了我在城里疲惫的灵魂，浮躁的心情就变得平和，我就明白不能愧对自己生在山村的小小梦想。

有谁能说，自己的血脉里，没有流淌着来自乡村的气息？每逢节假日，城里人都要离开市区，远近出游，既给身体放假，也是在寻找祖辈和自己从小的心灵之根吧。

每个人都有这样一个乡村，让自己留在心底怀念。无论时光如何变幻，无论城市怎样变迁，沉默的乡村永远在那里。乡村让我们知道，人生的追求，除了繁华，还有静谧；人与自然的和谐，与经济发展一样重要。常回乡村看看，我们的心就会宁静，我们就能知道，什么样的人生才是自己内心想要的。

孟家原村，永远是我的精神家园。

（石勇强，孟家原村人，现为陕西省科学院动物研究所副研究员）

辑四

当远离了孟家原，远离了黄堡，孟家原的柿子，就成了一种乡愁。我终于明白，一个人的口味喜好是可以变化的，但最难以改变的，是对养育了我们的土地上特有的那种庄稼和果木的嗜好，亦像儿女眷恋父母，此生难断。

——梁亚谋

孟原桃花想一枝[①]

黄卫平

桃花选择在四月天里红艳孟家原,于是"桃花灼灼有光辉,无数成蹊点更飞",桃花节也就选择在这时节举办。乙未桃花节开幕的日子,我应约又一次来到了孟家原村。真的是桃花的童话世界!山坡上、原野里、原畔旁、沟壑间,一团团、一簇簇、一片片、一块块盛开的桃花,映红了山,映红了地,也映红了人的脸……这时我却想到了那一枝桃花——

孟家原曾经留下过我踏访的足迹。

那一年,是30年前了,刚刚来到铜川不久的我听说了孟家原是传说中孟姜女的故里,就想去寻访采风。也是四月天,我搭乘早班火车早早来到黄堡,就沿着山沟向孟家原走来,一路看到的不是别的,而是怒放的山桃花。山桃花虽然花骨朵小,但它迎着早春料峭的寒风,挺立在原畔上,一株株迎向阳光,让我这个生长在南方平原上的游子,一下感触到了渭北原上的勃勃生机和春的信息。

更让我感动的是听到了从未听说过的孟姜女故事。孟姜女不仅是孟家原人,在范郎被抓去修长城以后,她等待她的范郎回来时,在村里种了一株红桃。春天,那株桃花开得很艳。在孟姜女的精心

---

① 原载《东方航空》2016年3月号。

侍弄下，桃树挂上了红红的果实……村里人都吃上了她栽种的红桃，甜津津，水汪汪，人人称好，只是她的范郎没有吃上。秋天，天冷了，她去给范郎送寒衣，临行，她说她会带她的范郎回来，还说她还要种红桃，也让他尝尝自己种出来的甜桃。但是哭倒长城后的她再也没有回来……

　　或许，传说寄托的是期盼。因为那美丽的传说，我当时写了孟姜女故里传说故事两则，发表在 1981 年《民间文学》第 3 期上。后来我开始研究铜川的孟姜女传说，知道了早在明天顺年间刊行的《大明一统志》就记载孟姜女是同官（铜川古名）人。2002 年我出版了《孟姜女》一书，后来还获得了"山花奖"。也是在这同时，孟家原开始种植红桃，因为自然条件的得天独厚，红桃种植成功，村里人给这种又大又甜的红桃取名"孟姜红"，期盼变为现实。如今"孟姜红"已经是国家注册商标，多次获得杨凌农博会"后稷奖"和特别奖。孟家原将"孟姜红"桃作为产业，全村已经种有 4000 亩桃村。春天里，4000 亩桃花开了，那气势当然恢宏。如今眼前的桃花，不是传说中孟姜女手植的桃花，也不是我 30 多年前看到的那山桃花，但是孟姜女和桃花的故事深深地烙在我印象中了，永远不会消失。我惋惜桃花的故事，因为桃花注定是孤单的。犹如孟姜女的红颜薄命，在它盛开在枝头的时候，它的叶子才露出嫩芽或者还没有出世，而当桃叶满枝头的时候，桃花就败了；但是桃花，艳丽香味淡，却能生长出甜美的果实，这也是我深爱桃花的一个原因。

　　孟家原的那一枝桃花，永远绽放在我心上。

　　　　　　　　　　　　　　　　　（黄卫平，曾任铜川市作协主席）

孟家原畔思伊人

高转屏

对于黄堡孟家原，我一直怀有一种虔诚的敬意，不仅因为那里有着古老而典型的黄土高原地貌，更因为那里曾经有过一个美丽而深情的女子——孟姜女。

乍暖早春，层云蔽日，雾霭浅淡，携女友一行三人驱车前往，一起捡拾那段荡气回肠的爱情故事。

顺着一条乡村大道迂回而上，峰回路转处，便见"孟姜女故里孟姜红仙桃"大字醒目地映在眼前，继续前行数分钟，便到了孟家原旅游接待中心。

在孟姜女史料展示厅，我们参观了其间陈列的有关史料。

尽管之前对孟姜女故里的史料有所耳闻，但伫立在展厅，我们还是被那些图片和文字还原的那一段段千古绝唱所感动，也被图片中那些挟着孟姜女低吟浅唱的遗址所触动，便央了村里的一个老者做向导，前往那些令人心怀敬意的遗址。

跟随老者，我们来到了孟家原村南。老者首先给我们指点的是一条幽深绵长的沟壑，叫史家沟，史家沟的两边坐落着数道形态各异的山梁，那就是传说中的"五龙聚会"。我们仔细观望，五道山梁还真有些龙背的风骨，只是经历数千年的变迁，原先沟壑里汹涌的河水早已不见踪迹。

我的思绪瞬间沉浸在那个美丽的传说中，竭力从历史的沉淀中检索孟姜女那模糊的面容，设想她到底有着怎样的花容月貌，竟然牵动了玉帝、佛祖及东北南三海龙王的凡心，不约而同地派遣五条神龙下凡诚邀；而她又有着一颗怎样质朴炽热的心灵，面对琼楼玉宇、瑶池宝殿的诱惑，竟能淡定自如，于亲人于故土而不离不弃？谁又能完全肯定，相邀未果的五条神龙不是被她的美好所吸引，而仅是因了无法交差的缘故才留在了孟家原的村落前？

　　老者的又一次指点将我的思绪拉回现实。目光所及，一座方鼎状的土台在史家沟的北侧拔地而起，两边各对峙着一根尖峭的土柱，那就是传说中的香炉台和蜡烛嘴。此时薄雾弥漫，香炉台和蜡烛嘴仿佛真的香烟袅袅，仙气萦绕，恍如当年的乡亲依然面向天地庙，跪拜在香炉台和蜡烛嘴前，为曾用棒槌痛打旱龙头、拯救孟家原村的孝女贤妻孟姜女祈祷，期望千里送寒衣的她能寻回夫君，平安归来。

　　与香炉台和蜡烛嘴遥遥相对的，是孟姜女庙和天地庙遗址。老者说，孟姜女的故居紧邻孟姜女庙，可惜这些建筑已经无存，空留一片宽阔的平地落寞地守候在那里。

　　我们三个女子不禁扼腕相叹，依然心有不甘，竭力想从这片神秘的土地上找寻出那个美丽女子的丝丝痕迹。于是辞别老者，奔向已经废弃的老村旧址。

　　孟家原的老村落皆依史家沟北侧的阶梯状土崖而建，倒也错落有致。只是依着山坡，出行极为不便，后来的乡民便纷纷搬离山坡，住在了山梁的开阔之地。

　　顺着一条荒草萋萋的乡间小道，我们来到了一座废弃的院落前。这是一座坐北朝南、三面围墙的院落，里面唯一的建筑是两孔面南的窑洞，黄土砌成的围墙早已破败不堪，门前有一根突兀的树干，仿佛一个举手拭目的孤寂女子。不知怎的，我忽然就期望它是孟伯和姜婶当年的宅院，期望那些丛生的荒草依然掩着那棵神奇的葫芦藤蔓，设想它当初怎样爬上那道高高的土壁，又怎样开花结果，出落成一个活泼可人的婴孩，从此将孟伯和姜婶两位孤寂的老人连在了一起。门前土崖边的那三棵青松，可以设想成日夜盼郎归的孟姜女携着二老远眺吧？

隔着一条不深的土沟，我们竟然发现了一座保存完好的院落，青砖黛瓦垒砌的门楼高高地矗立着，斑驳的墙皮依然彰显着主人昔日的富庶。门里门外散落着几扇古朴的磨盘，瞬间将人的思绪拉回数千年前。门前交错的小径依着山势迂回曲折，衔接着远处青葱的麦田和近处返青的菜园，路边，一株山桃花开得夺眼。好一个幽静的小院！

小径、斜阳、村姑、菜篮顷刻间在脑海闪现，那个提着菜篮子的俏丽女子羞答答地由远而来，身后跟着刚刚躲过追兵的书生范喜良。忽然间山野覆绿，野花吐艳，莺歌燕舞，一对追逐嬉戏的青年身影在不远处的丛林中若隐若现。一回头，看见身边女伴那惊讶的目光，便为自己这个无厘头的思绪哑然失笑。

踩着那条迂回的小径，我们又来到了废弃老村的主村落前，居高临下，眼前一排排小有规模的窑洞彰显着这里昔日的繁华，村落前田地开阔平坦，阡陌交通，往来的农人怡然自得，真有些陶翁笔下的景象。那一刻，我脑海里的画面却不是人人向往的世外桃源，依然是那位荷锄北望的深情女子运筹寒衣的棉田。

徜徉野径，凭眺处，陌上杨柳绿烟轻染，鸟雀衔春，桃花点点，每一处恍惚都摇曳着那个女子的婆娑身影。我不知道，是自己对那女子太过钟爱，还是那女子太过留恋自己的故土，早已化作春风，看护着十里桃园。

（高转屏，铜川市王益区作协主席）

再上孟家原

李月芳

乙未年春，一个晴朗的星期天，我和家人来孟家原看桃花。和许许多多游客不一样，不单是为了领略桃园春色，更是重新体验一下心中那个最为干净清洁的地方。与很多人说起搞好农村卫生文明建设，我就会提起它，提起那里的水果（柿子）和干净的院落、农舍。然而，上原不久，便被山坡上梯田里那层层叠叠的桃花所吸引。灿若烟霞的桃林，一片片像轻盈彩云一般，艳丽夺目，秀色可餐。在日常的会议上和报纸上，我了解到孟家原村在大力宣传"孟姜红"桃子，也看到过不少诗人对孟家原桃花的浅吟低唱，这次我是真的开了眼界。未曾想到，这里竟然是孟姜女的故里，无论如何，我觉得这个宣传非常好。我工作在距离此地不到20千米的印台区，那里往北不到1千米就是孟姜女祠，是姜女寻夫归来的成仙之地。再往北十几千米，还有哭泉，也是那个美人的遗迹所在。现在又有了孟姜女故里，真可谓把中国四大民间传说之一的主角孟姜女诠释完整了。再看那些吟咏桃花的诗歌，将那2000年前的凄美故事和质朴纯真的爱情完美结合，岂不是天作之合？自古以来，桃花诗很多，特别是一首《桃夭》、一首《题都城南庄》、一首《桃花庵歌》，长久而广泛地被人吟诵。桃花人面，人面桃花，多么贴切的比喻呀！孟姜女寻夫，凄怆美丽，令多少人感慨、唏嘘不已？在孟姜女祠的石壁上、碑刻上，镌刻着历代文人墨客对那位民女的颂扬。虽然她只是个传说中的人物，可她的故事颂扬的是真善美，所以受到世人的代代传颂。看着成群结队来踏青的人们，我就想，其中的少男少女们是否在桃林中传递情物？是否也会当着心爱人的面说出要像孟姜女和范喜良一样的挚爱呢？当然，他们不可能会有孟姜女那样的遭遇和不幸，但海誓山盟的范例就在眼前土地上，这就很有意义了。上到一个比较高的位置时，呈现在眼前的是一个十分干净的场院，近处人家也很整洁，就使我不由得回想起30年前的事了：

　　第一次到孟家原村是1983年深冬，我还在郊区文教局教研室工作。一天，局里派车把我们送到黄堡镇。天没有下雪，却很冷，身上的棉袄虽然合身却抵不住刺骨寒风，下车后，浑身冻得发抖。几个同事也来回运动着取暖，眼光不约而同地投向了主任。从镇上到各自去的学校都有段距离，走到学校已赶不上饭点，时间也很晚，何况村办学校教师都在群众家里轮饭吃。最终，一顿羊肉泡馍给浑身增添了热量。步行到孟家原村小学时，暮色即将笼罩大地，学生已经放学，褪去嘈杂的校园异常安静。一截冒出浓浓黑烟的烟囱，引导我走进那个房间。果然，校长和两个年轻教师围坐在炉子边。校长尽管是本村的，多数时间却在学校。两个年轻教师——一男一女——也都是本村的。他们听说局里有一个年轻人到学校，自然留下来，晚上安排住在那个女教师家。寒暄过程还没结束，门外高音喇叭传来抑扬顿挫的声音，通知村民，晚上收看中央电视台播出的节目，至于是中央哪个台现在记不清了。20世纪80年代初，城里有电视机的人家都很少，在农村就更少，孟家原则不同。实行改革开放以后，土地承包政策深入人心，村民积极生产的热情空前高涨，种粮食、搞经营，解决了吃饭问题，手里有了人民币，加上村集体还有收入，给村民分红利，具有智慧的孟家原村民很快富了起来。房盖好了，便是置办家什，村民也都很有时尚观，沙发、洗衣机不在话下，黑白电视机几乎普及。村上给学校也买了一台，尺寸当然是很大的，就放在校长办公室。

夜色浓烈起来，我把要完成的任务交代清楚，再抓紧时间完成了一部分工作。电视节目时间快到时，校长一个眼神，男教师利落地把电视打开。在孟家原看中央台节目，而且是与孟家原村有关系的节目，一定很好看。校长提前透露，初秋，中央电视台到村里录像，什么主题不太清楚。初次到此村，好奇心极强，看节目心情更加迫切。荧屏上打出"全国卫生村——孟家原"时，几个教师目光集中到我身上，看着我专注的样子，露出了自豪的微笑。尽管是黑白电视，随着播音员的话音，画面上出现孟家原村整个面貌。由远及近，展现的是秋季景色，房前屋后不是挂满果实的柿子树、苹果树，就是摇曳的花草和各种蔬菜。镜头不停转换着，近20分钟的专题片，让人印象最深刻的是水窖和厕所。水窖处于整齐干净的院子中间，窖口用水泥抹成，又圆又光又滑；窖均有盖，有木制，有水泥制，都呈圆形，中间装有一个把手，方便精巧；窖不深，未见辘轳，吊水用绳即可。厕所有盖在院里的，也有盖在院外的。形式、大小相近，似棚有围墙，似房有大的缺口。最有特点的是墙面都被刷得粉白，座座一样、家家如是。四周有绿树衬托，与窑面墙的白辉映出特有的风格。令人称奇的是墙面上写着的"男"和"女"，几乎大小统一，位置接近，仅仅因颜色不同，方可区别主人是谁。"男、女"两字，或黑或红或黄土色，像印在白墙上，格外鲜明，实实耀眼。两个年轻老师，跟着镜头，用手指着画面议论着，谁家的房子、院子，哪一条巷道，清清楚楚，神情激动，时而站立时而坐下；校长一会儿笑笑，一会儿自言自语。至今，自己都不能体会他们那种感受。因为几十年过去，没有机会上电视，更不用说是中央电视台了，提起此事，只是一再感叹孟家原村的厉害。原来，爱清洁讲卫生，就是孟家原村人的生活习惯，而且已保持多年。谁也想不到，良好的卫生习惯、整洁的生活环境也能得到中央电视台报道的机会。

看完电视，校长情绪高涨，打个招呼，起身出门。乡下的冬夜，静谧安详，炉子里的火热一阵一阵往身上卷来，我与两个年轻教师攀谈起来。因为不熟悉，便先说些电视上的事。他们说，讲卫生不仅是习惯，还是孟家原人评判一个家庭孝不孝、和睦不和睦的一个标准：用谁家院子扫得早与不早、厕所打扫得干净与不干净，来断定这家主妇或儿媳妇勤快不勤快、贤惠不贤惠。仔细回味，老百姓说话做事都有讲究。农村媳妇早早起床，给老人倒便盆、打扫卫生，一定是个勤快贤淑之人，也证明此户人家教子有方，治家有道。家风村风都是用文化做底子的。即使"文革"期间，孟家原人仍注重优良传统的继承和发扬，耕读兼做，因此走出农家，在外工作事业有成的人很多。一阵冷风顺着开门声溜了进来，校长走进办公室，手里端着什么东西。待走近细瞧，原来是盛馍的小竹笸箩里，满满地装着红皮柿子。以前见过柿子，有方有圆，有黄有红，方的个儿大一点，去涩放软可食；圆的多是小的，放到棚架上放软再吃。没想到，校长拿的柿子异常的大，几乎占满他的手掌，皮红发亮、长圆形，拿起一个，托在手里，红红圆圆、冰冰凉凉。校长说，太凉，放到炉子边热一会儿。稍时，男教师拿起一个递给我。我两只手捧着，掂量几个回合：温温柔柔、软软绵绵，不忍心揭开裹着浓汁的薄皮，不大工夫，还是耐不住诱惑，学着他们的样子，慢慢揭开一个小口，情不自禁吮吸。先一小口，甜味入脑；再一大口，丝丝滑滑，如蜜入胃；贪婪的动作连续不断，直到汁干剩肉，方抬头暂歇，又慢慢咬嚼……光阴如梭，30多年过去，干净整洁的院落和皮薄、肉细、个儿大、汁甜如蜜的柿子，还香香地甜在心里、深深地刻在脑海里。

弹指一挥间，我不再是那个初出校门的女子了，而孟家原也不是那个看着黑白电视、用白灰粉刷墙面的样子了。新农村建设在这里得到充分体现：通村道路平整宽阔、水泥楼房精致结实、别具一格而又传承历史的民居、洋溢着喜气的村民……一个桃花源的幽境展示给了人们。此刻，很想即兴赋诗一首，但太多的妩媚陶醉了我，竟然不知该如何起头了。耳边响起唐寅的那首诗：桃花坞里桃花庵，桃花庵里桃花仙。桃花仙人种桃树，又摘桃花换酒钱……

桃 为 媒

邵桂香

话说孟姜女哭倒长城，滴血认出范郎，忍痛埋葬他的尸骨后，万念俱灰，入道修行，感动玉帝，不日将被册封为桃花仙子，掌管下界桃花。上任之前，最让她割舍不下的是故乡——铜川孟家原。

姜女决定穿越千年，回到梦魂牵绕的故乡看看。孟家原地处铜川王益区黄堡镇，此时正值三月末，百花盛开时节，一路上人来人往，甚是热闹。一打听，才知道原上在举办桃花节。刚到路口，见一鲜红大型路牌：仙桃等你摘，姜女等你来。

顺着路牌望去，只见十里原上，桃花盛开，花红柳绿，树树连营，游人如织，家家小康生活，丰衣足食……放眼原畔，姜女感叹连连——想当年，她千里寻夫之时，故乡群山连绵，沟壑相连，碧水穿谷，古木参天，乡亲居于原间，残壁断垣，披星戴月，稼穑耕耘，挥汗刀镰，混个饱暖。如今，原下沟边的乡亲们都搬到原上，交通便利了，村里又引进互联网高科技，家家靠种桃种核桃、柿子发了财，生活越来越好，许多家还买了汽车。

姜女穿行在络绎不绝的游客中，遇到一对正拍婚纱照的新人，帅哥是村里的柱子，美女是外地大学毕业生燕子，听说这几年村里富裕了，不少外地姑娘争着嫁给孟家原小伙，燕子就是其中一个。

燕子是河北人，家境富裕，去年桃花节来旅游时结识柱子。美丽大方的燕子被诚实善良的柱子感动，也被孟家原美景和富足生活吸引，欣然嫁过来。

过了门的燕子，一边帮柱子接待游客，搞农家乐，一边学习给桃树剪枝疏果技术。最近十几年，孟家原人在村党支部带领下，利用原畔地理和气候优势，大量种植桃树、花椒、柿子、核桃等树木，村上600多户农家，400多户种桃。由于善于经营，科学管理，孟家原的桃子比其他地方的更大更甜，品质更好，更耐储藏，大受消费者喜爱。孟家原桃子，一亩地能多收千把斤，名声大噪。村里桃子和柿子注册了商标"孟姜红"，价钱也比市场均价高出许多，畅销国内外。

柱子头脑灵活，在燕子的帮助下，利用互联网销售"孟姜红"，引来大量客商购买，使自家的收入大大提高，成了年轻人学习的榜样。

姜女见到乡亲们都从沟里、半坡统一搬迁到漂亮整洁、焕然一新的移民新村，自己的故居也被整修一新；生活好了，村民也不忘提高文化素质，修建文化展馆，创办桃花诗社，打造品牌文化，宣传姜女忠贞爱情，真是今非昔比……

看到眼前种种，姜女放心了，决定走马上任桃花仙子。

有道是：千年传说孟姜女，穿游故里孟家原；残壁断垣成往事，如今巨变写新篇。

（邵桂香，铜川矿务局一中教师、王益区作协会员）

南凹纪行

赵建铜

辛卯清明时节，闻和谷先生回乡祭祖，我便电话联系他，约了前往拜访的时间。有两位朋友听说此事，便要一同前往。渭北山城皆土原，南凹便处在古耀州窑东北方的原畔上。

时值王益区在孟家原举办桃花节，一路上很多红色横幅映入眼帘，尽是与桃花和孟姜女有关的诗句及词语，使人思绪万千，不由得发古之幽思。桃花与孟姜女，乍又一想，这几乎毫不相干的两个名词放在一起，不能不说是一种文化内涵的显现。后来，听说孟家原为举办桃花节下了不小功夫，还专门建了几处亭台，其中有和谷先生题的"桃夭亭"。《桃夭》是《诗经》里以桃花比喻美人的一首诗歌，也是中国最早的以桃花形容美人的诗歌，因此，姜女故里孟家原举办桃花节的意图就不言而喻了。

孟家原与和谷故乡南凹一沟相隔，可以遥遥地举目相望。东风和煦，阳光明媚，车行树移，同行几位脸上都洋溢着温和的气息。我当然跟他们一样，只是嫌车走得慢。

我是因读书知道和谷先生，结识和谷先生，才有了去南凹的缘由。和谷是国家一级作家、铜川文学人的旗帜，南凹是他的故乡。读罢数百万字的《和谷文集》，又欣赏了他的新作《秦岭论语》，一位睿智豁达的智者形象愈发清晰了。和谷步入文坛很早，正如贾平凹先生在《一苇渡海，十年归山》一文中云："谷，原名蛮子也。成名于长安，四十岁果然南下。"从少时起，下土原，进长安，走海南，出阳关，他几十年笔耕不辍，著作等身，名满华夏，文坛人称之为"行吟者"。他的文章清丽朴实，不浮不躁，读时似听一位长者娓娓述说，字字珠玑，感人肺腑，令人茅塞顿开，耳目明晰。读他的故乡纪事，犹如听长笛奏出的乡村牧歌，他把渭北山区特有的风物民情用他那浪漫的笔触、格调淋漓尽致地表现出来，拨动人的心灵之弦，升华了人们本有的情愫，使你不得不佩服他文笔的艺术造诣。他从故乡的一点一滴说起，慢慢延伸到地球的另一端，可谓行万里路，破万卷书，解世间之大道。乡民脸上的喜怒哀乐，雨水切割的沟壑，尘埃掩埋了的历史⋯⋯诸多元素组成的一幅幅乡土风物画卷，譬如他著作里涉及的族谱、村落、土窑、残垣、古树、羊肠小道、土路、天坑、田亩、酸枣、荆棘、杜梨、柿树、碑碣、陶器、瓷窑、石磨、马槽、水窖、骡马、牛羊、脚夫、谚语、民谣、古道、老炭窠、采石场、古堡、培子等，都是他刻画具有厚重文化史的元素，也是他耳闻目睹的具有地方特色的事物。至于亲情、友情以及具有鲜明个性的人物，无不是一种风采和个性，具有时代性和被作者提升了的纯艺术性。他从细微之处，探索、挖掘、发现、揭示人世间的种种苦难和艰辛，以及人间正气，将人类坚韧不拔的毅力在常人身上表现出来，既是现实批判主义又是浪漫主义的手法运用，让读者身心愉悦而又思潮起伏。他的文章接地气，颇有传统文人情怀，篇篇有据，绝非臆造，故而开卷便不能罢矣！读罢《独旅》，你会想起李商隐；读罢《还乡札记》，你会想起王维；读罢《沙驼铃》，你会想起王昌龄；读罢《客岛札记》，你会想起苏轼⋯⋯你会从心里发出——和谷，真

168

正的行吟者、诗人!

到了先生的门前,一下车,就见先生跟女主人从村口过来,他们是去地里采茵陈了。只见先生手里提着盛满茵陈的提篮,女主人手里持着一枝照眼的山桃花,他们乐呵呵地向我们一行打招呼。先生衣着随意,满头白发,倒也显得儒雅。女主人大概穿的是先生的衣服,显得宽大,但她白皙的面庞流露着艺术家的气质,这大概就是返璞归真的意思吧?这时,陶渊明的《归去来兮辞》犹在耳畔回响:"归去来兮,田园将芜,胡不归?既自以心为形役,奚惆怅而独悲!悟已往之不谏,知来者之可追。实迷途其未远,觉今是而昨非。舟遥遥以轻飏,风飘飘而吹衣。问征夫以前路,恨晨光之熹微……"五柳先生跟眼前的和谷先生,有相同之处,又有绝不同之处。只不过后者的心境要恬淡多了,因为,他没有过多的愁绪。和谷先生讲天地人和谐,讲民族气节,讲文化传承,讲文化交融,讲中西文明……他不摆架子,恭谦和让,有问必答,颇有君子之风。他说:"故乡,是一个人生命或血缘的源头,无论物质的还是精神的河流,都离不开她乳汁的滋养。即使生命终结,其灵魂蒸发的水分也会溯源而上,去寻找永远的归宿。"(和谷杂谈《故乡与爱情》)我根据对他的一些了解,写出一阕《满庭芳》:

坡上桃花,原头槐树,去来犹记南凹。土窑凉热,窖水煮新茶。早有先人遗训,唯勤劳,耕读传家。时常是,徜徉野径,吟咏照归鸦。

无暇凭眺处,芬芳乡土,襟染红霞。转眼半生过,夜梦蒹葭。蔓草石羊碣石,似诉说,无故长嗟。源泉地,根之所在,紧紧系枝丫。

169

他对故乡一山一水都充满了亲切感,说起来滔滔不绝。那是一种游子之情,绝不是故作呻吟。我随他转遍了南凹的梯田和沟壑,来到先人故居的窑洞前,他格外动情,尤其是对一株古槐无比珍重,或许,那是可以引发他无限思绪的古物。那株古槐树跟一般槐树长得不一样,几人搂抱不住的树身向上分出十几股粗壮的横枝,虽有几百个春秋,却仍是蓊蓊郁郁,十分旺盛,这是很少见的。

一面是幽深的沟谷,一面是先人们赖以生存的土窑洞和黄土地,作为一个游历了万水千山的游子,怎能不感慨万分,那是骨子里固有的情愫。所以每每提及故里,他总有说不完的话,道不尽的悠悠情。他指着沟对岸的土原说:"那是孟家原,住着不少我的亲戚哩……"一路上他会不停地指着路边、山崖、田间的植物说:"这是皂角树,这是萱草,这是软枣……"似乎这里的一切都跟他有着不可分开的联系。每次到他家里来,他都会一如既往地述说铜川历史、故乡文化、家山之情,这次也不例外。我们喝着茶,抽着烟,听他颇有见地的解说。

先生正说着,当时的孟家原村党支部书记颜开昌来了。颜书记赤褐色脸庞,标准的土著,一看就是常年奔波在田间地头的实干家,说话瓮声瓮气,干脆利落,不时发出哈哈大笑,是个朴实、豪爽之人。他跟先生既是乡党,也是朋友,寒暄两句,就提起了怎么搞好桃子宣传和打造孟姜女故里的事来,也顺便说起了关于打造姜女故里的思路。先生很感兴趣,便如数家珍地道起孟家原来,说要搞旅游产业,得抓住地域特色和地方文化,必须从文化着手,组织文化人写孟姜女、写桃花、写王益的历史变迁等等,有了孟姜女和桃花文化氛围,就算有了地方文化、地域特色的积淀。他举例,他的宅院如何称为"晓园"，谐音就是"校园"，后来又叫"归园"。原是一所废弃了的小学校，他接手时，已是残垣断壁，荒草萋萋，经改造，成了他的家舍。他使用先前的房梁、门窗以及构造，简略地修缮，简略地装修，倒别具一格。我想，这应是女主人的手笔吧，因她是搞艺术的。客厅窗下，一束大概是去年采撷的满天星，虽然干枯，依然支娑着。屋里除了书橱很像回事，其余的家具简直可以说是凑合。墙壁上是一些照片镜框，可以看出是先生家人、朋友及他各个时期的留影。书房壁上，是些书画作品，先生自己创作的，很文人气。他的书法有怀素的底蕴，但他行笔却不拘泥，个性十分。电脑里是他正在创作的《官清马骨高》一文，写的是唐代诗人杜甫与同官（铜川）有关的事情。为此他还讲了有关他对王益的新考，这使我感受到了一位学者严谨的治学态度和责任感。一杯香茶，一片书香，和着村外传来的布谷声声，我们一行都沉浸在一种和煦的意境里，感受到春日阳光的温暖，桃杏的芬芳。

看着屋里的一切，我暗暗沉思，就在这所摆设简单的大房子里，先生文思泉涌，写出一篇篇如诉如歌的华章，真的是令人敬仰！他是散文大家，就我所知道国内文坛能跟他比肩的，屈指可数。前段时间，我读了他的散文集《秦岭论语》，在《归园札记》里，看到了那份赤子之情和恬淡之心；在《老炭窠》里，领略了高深创作艺术，真可以说是"无为而为之"的那种大手笔！无怪朋友孙绳照的一首诗这样写道："铜川地方小，柳范名气大。现代铁市长，爱民传天下。根深叶才茂，老槐有新芽。和谷出复归，世人知南凹。"的确，山不在高，有仙则名。

和谷是我们这个地方的骄傲，南凹因和谷而名矣！离别之时，回望伫立的先生及夫人、静静原畔村舍、亭亭山桃、耳畔又响起了一个行旅者的诗言来。

孟家原水果

史罕明

　　孟家原位于黄堡镇东约 3 千米，为黄堡镇的一个行政村。这里地处渭北台塬，地势由西向东一路走高，地下有丰富的煤炭资源，地上有优质苹果、梨、桃、杏、柿子、花椒、油菜、玉米、小麦等农副产品。特别是苹果、桃、柿子，堪称铜川果品三大宝，甚至可以称其为陕西果品三大宝。

　　铜川市海拔较高，光照强，气候凉爽，降水适中，土层深厚，昼夜温差大，光、热、水、气、土等主要自然条件匹配合理，是苹果、桃、柿子等水果最佳生长区的中心地带，与世界名牌苹果——蛇果的主产地美国华盛顿州的韦纳奇极为相似，被国内外专家一致认定为生产优质苹果的理想地区，在全国苹果区划中被列为最适宜区。

　　得天独厚的自然条件造就出的铜川苹果外形端庄，色泽艳丽，香甜爽脆，风味醇厚，无污染、硬度大、耐贮运的特点更使其成为果品市场上的宠儿。在全国、全省的水果鉴评中，铜川的新红星、红富士等 10 多个品种多次荣获部优、省优产品奖，其中红富士获金奖。

早在 1974 年，铜川苹果就被选定为国宴用果，铜川市被确定为全国外销苹果基地。

有一年春节前，朋友帮我买了一箱外地产的名牌红富士苹果，个大、色艳、皮光，看上去水灵灵的，非常诱人。春节回老家，二哥给我拿了一袋自家产的红富士苹果。由于被冰雹打过，个小、色暗、皮上到处有伤疤。我不想要，二哥硬塞给我。回家后，我拿出一个名牌苹果，又拿出一个家里给的苹果，对比了好半天，觉得自家的苹果太丑陋了，只能自己吃，没脸见人。

我先吃了一个名牌苹果，感觉水分挺大，味道也不错。我又尝了一个自家的苹果，天哪！真是有才不在长相，我喜出望外。它水分没有前者的大，但甜度更高，其爽脆程度、芬芳的果香味、沁人心脾的口感绝非那名牌苹果可以比拟。原来那名牌苹果是在水浇地中生长的，糖分、果味都被稀释，所以个头大、水分多，但不够甜、不够脆、不够爽；我家的苹果在旱原上生长，靠自然降雨，光照足、温差大，充足的光合作用加上匹配合理的自然条件，使水分及糖分等各种营养成分聚集，口感更好。

于是，每逢客人到我家，我就削几个自家产的苹果；回老家的时候，总不忘带点自家苹果给亲戚朋友。

前两天，侄子从老家带来两箱孟家原产的"孟姜红"牌大红甜桃，吃过之后我对其他所有的桃没有了胃口。

桃是夏季水果之王，十分受人欢迎。因其滋味甜美，气味芬芳，含有多种对人体健康有益的成分。桃的水分含量高达 87%，吃桃可以解渴，滋润肌肤。

孟家原的"孟姜红"大红甜桃含糖量高，有较高的蛋白质、脂肪、钙、磷、铁、维生素 B、维生素 C 等成分，其中铁含量最高，可以补充体力，给人活力。它口感好，耐贮运，可称得上营养之王、润肤之王、解渴之王。

"孟姜红"大红甜桃个大而不笨拙，色泽柔美亮丽而不扎眼，果皮为正宗桃红色，果肉呈淡黄色。

熟透了的桃子，轻轻揭开果皮，就能看到黄亮黄亮、点缀着几许红丝红晕的果肉，像被掀起盖头的美丽新娘露出害羞而红润的脸庞。咬上一口，一股吃仙桃圣果般的感觉油然而生。顿时，手指上、手掌里、手腕下流淌的桃汁，让您不得不立刻擦拭。吃完桃您还必须赶快洗手，否则可能会引来一大群蜜蜂。这真是人间极品！

"孟姜红"大红甜桃 2005 年获中国杨凌农高会颁发的"后稷奖"。产地孟家原村被国家农业部审定为无公害产品桃生产基地，产品已远销北京、广州甚至俄罗斯等地。这是我省发展特色农业、实现"一村一品"的成功范例。

孟家原的柿子在铜川可以说家喻户晓，其驰名少说也有上百年。

陕西柿子比较知名的是临潼火晶柿子和富平柿子。临潼火晶柿子果形扁圆、个头小，无核，与铜川孟家原柿子不属一类，如同苹果中的红富士与秦冠、桃中的油桃与蟠桃，没有可比性。

中国柿乡富平的柿子与铜川孟家原柿子属于一类。其因规模大、产量高、商品化程度高、销路广而闻名于世，但它的品质却在孟家原柿子之下。

我小姨的家就在富平庄里镇。10 多岁时，我常和家人到小姨家去，每次都带去好多柿子。小姨将我们带的柿子分发给自家的兄嫂叔伯，大家都夸我家的柿子好。

我家的软尖柿子，去掉如蝉羽般轻薄的皮后，就会露出鸡蛋黄样的果肉。吸上一口，甜滋滋，滑溜溜，真像喝了蜜似的。用炒熟的面粉拌着柿子肉吃，曾经是难得的美味佳肴，我记得只有到小姨家才能享受到。

老家每年给我拿的柿子，我都放在家里阳台上，用纸箱装着。有次没注意，柿子的汁液流到人造大理石台面上，因为含糖量高，我连续清洗了三次，才将污渍擦除干净。

孟家原的柿子好，因与这里的苹果、桃一样，拥有一样的海拔、一样的光照、一样的温差、一样的光合作用，是一样的天成之作。

富平的海拔、光照、温差与孟家原有别，特别是富平的水分相对要高，导致了富平的柿子品质稍逊于孟家原。

铜川孟家原的水果品质如此之好，知名度却比较低，依笔者看来，主要有以下几个原因：

其一，孟家原地下煤炭资源丰富。从 1949 年前就以采煤、装煤、运煤、卖煤为第一副业的村民，习惯了靠煤生存、以煤发展。直到前几年，国家整治小煤窑，村民们才不得不弃煤从工、从农、从商。在退耕还林、支持特色农业和"一村一品"建设政策扶持下，一小部分村民才开始转向种植业。

其二，土地面积小、人口少、种植规模化程度低。由于规模小，产量低，没有数量优势，难以远销。孟家原水果主要在本地乡镇和邻近的耀州区、铜川市区销售。单打独斗式操作无法提高市场占有率，难以形成有效竞争力，不能形成全省乃至全国影响力。

其三，市场意识淡薄、市场经验欠缺、市场信息掌握不足、产品宣传不到位、产品包装不精细、产品价格还没有真正反映其价值。微薄的盈利不能积累出扩大再生产的经济实力，也无法对身边乡亲产生足够吸引力。

作为孟家原的子民，吃着孟家原的粮食、水果长大，对家乡能产出如此优质水果，我感到很自豪。为家乡讴歌、宣传是我义不容辞的责任，让乡亲们尽快富起来是我最大的愿望。

家乡的优质水果就是乡党们走出铜川、走出陕西，走向全国、走向世界的名片。愿乡亲们继续努力，将孟家原的水果远销国外，变为世界各国人民都喜爱的水果。那时候我们的日子将比我们的水果还要甜。

孟家原的柿子

梁亚谋

我不是孟家原的人，但我特别喜食孟家原的柿子，如同喜爱自己原上的某种珍品特产一样。孟家原的柿子，是我童年甜蜜的一个梦，是我青年远离故土时的一缕念想。

我是梁家原人，梁家原与孟家原一沟之隔，站在我家的窑背上向东北方向望去，能望见孟家原那一道宽大的山梁，能看见那平平的原上有几棵大大的柿子树。我母亲的舅家在孟家原，小时候，母亲常领着我们这几个儿女翻道沟去老舅家。老舅的生日，在柿子要成熟的季节。那时候，一上孟家原畔，就有一排柿子树压在我们头顶，有七八棵之多，脚下沟边一条窄窄的地沿上也长着四五棵不小的柿树。一走到这个地方，我和弟弟就来劲，看着一树树绿中泛黄的柿子，不是想钩几个蛋柿，就是想折上几枝繁柿子，这时候，母亲就赶紧说："别折，别折，这里头有你老舅家两棵树哩，等你老舅吊成吊柿再吃。"现在想起来，母亲说这话很可能是哄我们，怕我们糟蹋了柿子，或许是她怕舅家门上的人笑话，或许是她对孟家原的柿子和孟家原的人一样一片情深。但不管究竟是为什么，我们到底还是没有偷摘那非常想摘的柿子。

有一年冬天，不知为什么，我头不疼脑不热，就是一个劲地咳嗽，一咳嗽起来，似乎要把肠儿肚儿都吐出来，特别是半晚上一咳嗽，拗得我满腔满腹地疼痛。吃了一些药，也不见效，就这样咳嗽了一个多月。有一天，母亲从老舅家提回了一篮吊柿，这可是最好的软柿子！她让我用壶里的水温温再吃，怕太凉了加重咳嗽。母亲上地去了，我哪里顾得上用开水温！再说开水一温可能还会变味，我就剥着皮，一口气吃了六七个。当晚，我的咳嗽不但没有加重，反而奇迹般地减轻了许多，接连三四天，每一天我都能吃五六个黑红黑红的、大而冰凉的吊柿。几天后，我一点也不咳嗽了。从此，母亲把软柿子治干咳当成了绝招，只要她认为可能是火盛引起的咳嗽，需润肺清热，就让多吃柿子。母亲还给我说大弟弟不到 1 岁的时候，奶水不够吃，睡到半晚上醒来就哭，家中又没有什么能供他顶饥的，父亲就想了一个办法，睡觉前在炕洞口放上一个软柿子。弟弟醒来哭时，就拿给他吸着吃，吃完一个温温软软甜甜的柿子，他就安然入睡了。梁家原的柿树少，又不如孟家原的柿子味道好，若这时能有一篮孟家原的吊柿，那可是宝贝了。

柿子好吃，但硬柿子和没有经过温水浸泡脱涩的柿子空腹时是不能吃的。吃柿子拣软的捏，这是吃柿子的学问。有一年老舅过生日，一到老舅家，我们几个孩子纠缠着老舅的女儿珍珍姨领我们去钩蛋柿。一到树下，那又黄又亮的尖柿子实在馋人，我摘了几个，吃起来涩涩甜甜的，有点糖心，汁水很多。谁知两个下肚后，不大一会儿，我就感觉恶心，当我蹲在地上痛苦的时候，真正领教了孟家原柿子的厉害，也深深记住了大人们教诲孩子的一句话：空腹不能吃硬柿子。后来，我明白了，硬柿子里含有鞣酸，如果空腹食下，即会导致恶心、难受。柿子成熟后，农人暖了扁柿，总是对早起上学的孩子叮咛：拿上一块馍，先吃馍，后吃柿子。许多农人也许不懂得那是因为什么，但那是他们总结出来的经验。孟家原的柿子，让我深深地记取了这个经验。我那背着书包，书包里装有黑粗面馍和暖柿的少小而快乐的时光，令我终生难忘。

也难忘老舅去世的时日，也在柿子成熟的日子里。安葬了慈祥的老舅，我和亲戚中一般大的孩子，可是放了风了，整天架在柿子树上找蛋柿吃，心中一点悲伤的影子都没有。烧了出七纸那日，母亲和外婆要领我们回家，可怎么也找不着我和弟弟妹妹，当我们听到外婆和母亲抑扬顿挫的悲哭声，循声看见她俩边哭边走在回家的小路上，才从柿树底下赶快跑了出来，怏怏地跟在后面。好一会儿，母亲才停住了哭声，说教了我们几句。当时，我一下子有了一种说不出的失落，老舅不在世了，我可能再也不能很馋地吃孟家原的吊柿了。不幸如我所料，老舅过世后，我们去孟家原的次数少多了，吃孟家原柿子的机会也少多了。

其实，在黄堡镇，方圆十几个村子都长柿子，但孟家原的柿子不同一般，独领风骚。其个大、色亮，柿虱少，能久放，味甜少筋，特别是那种尖柿吊成的吊柿，或黑红，或黄亮，甜软少核，驰名铜川，是人们最爱吃的柿子品种。

在黄堡，人们大都采用温水泡扁柿子和珠柿子脱涩，所以把泡柿子叫"暖柿子"。暖，关键是对水温的把握，一直要保持不烫手的恒温。吃过后晌饭，女人们就会趁做过饭的余火，把柿子暖上，并在晚上睡觉前查看上两三次。经过一晚的浸泡，第二天早起，就可吃上脆甜的暖柿子。若水温太凉，暖不熟，柿子还是涩的，不能吃；若水温太高，在脱涩前就把柿子煮死了，更不能吃；若是在柿子暖熟后煮死了，这柿子还能吃但不好吃。暖得好的柿子，水温把握得恰到好处，吃起来又甜又脆，没有一点涩味。当然，那样的暖柿子都出自巧媳妇之手，在孟家原，这样的巧媳妇比比皆是。

收获柿子的季节，远远望去，孟家原是一幅美艳而活动的版画。各种秋庄稼都收获了，人们才在秋风染红的柿子叶间把黄的红的柿子往下夹，拉回家后，把柿子分类保存。完好的，各派用场，吊的、棚的、暖的、旋柿饼的各放一边；摔坏的、碰坏的、太绿没熟的全窝在瓮里压醋。柿子中，一般把扁柿、珠柿、三疙瘩、折家伙暖着吃，而尖柿子最派得上用场，能吊，能棚，能旋柿饼，能随便放在一个空闲之处软了再吃，且保存的时间长久。其中，吊柿可说是尖柿中最为人喜食的一种软柿子。吊吊柿很有讲究，首先，要夹好柿子和选好柿子。要吊的柿子，夹时就必须带上横着的短把，这样才能把柿子穿到绳辫里去，也必选用个大、色泽好且没有碰伤的；否则，是吊不出好吊柿的。其次，要有一个像样的柿子棚，不漏雨水而且要通风。最后，要准备好挂柿子的绳辫。在黄堡两边原上，过去，这绳辫多半是用谷子秆辫成。柿子的吃法，除了暖着吃、旋柿饼，大都是软着吃，而软柿子可直接剥了皮当水果吃，可拌炒面吃，也可以拌点面用油煎了吃油煎柿子饼——这是农人时兴的一种吃法。

柿树耐寒耐旱，除供给人们柿子外，全身都是宝，柿叶、柿皮、柿花、柿根、柿蒂、柿霜、柿木皮等都可入药。我想，孟家原柿树的枝枝根根如果入药，药效肯定也是不一般的。

柿子味甘，性凉，这对常吃辣椒、冬天爱睡热炕的黄堡人来说，吃多了也无妨，且能清热、润肺、止渴。这么好的宝物，人们能不爱吃吗？特别是那孟家原的吊柿，百食不厌。

当远离了孟家原，远离了黄堡，孟家原的柿子就成了一种乡愁。工作后，我曾在铜川的小河沟口买软尖柿，心想，这柿子要是孟家原的该多好，便顺口问是哪儿的柿子。卖柿子的老头好像看透了我的心思，脱口而出："黄堡孟家原的。"看来，在铜川市里，孟家原的柿子有名气了。1993年冬在沈阳买柿子，那种柿子就像黄堡的珠柿一般大小，但远没有黄堡的珠柿子软甜。在异乡他地，我又一次地回味起了孟家原的柿子，那份感激、那份亲切、那份香甜，实在难以割舍。也听人说过，一位从台湾归故里的老者，给黄堡的家乡人说要吃柿叶蒸米饭，那又是怎样的一种情感啊！想了很久，我终于明白：一个人的口味喜好是可以变化的，但最难以改变的，是对养育了我们的土地上特有的那种庄稼和果木的嗜好，亦像儿女眷恋父母，此生难断。

小"仙桃" 大产业

同政言

　　孟家原村位于王益区黄堡镇东原，辖 7 个村民小组 660 户 2443 人，耕地面积 5100 亩。2011 年全村工农业总产值 5000 多万元，人均纯收入 9300 元。20 世纪 90 年代以来，大力发展以桃子为主的"一村一品"特色产业。目前，种桃户达到 400 多户，年产优质鲜桃 2000 多吨，销售收入达到 1000 多万元，仅种桃一项人均收入就达到 7000 多元。孟家原村先后被命名为"全国一村一品示范村镇""国家桃产业体系高效、优质、安全示范基地"等，注册的"孟姜红"鲜桃品牌获得国家农业部农产品质量安全中心有机认证。村上也先后多次受到国家、省、市表彰奖励。

追根溯源话"仙桃"

　　神话固有仙桃园，现实今有孟家原。桃原产于我国陕、甘两省，是我国人民最喜爱的时令水果之一，自古以来就有"寿桃""仙桃"之说，至今已有 3000 多年栽培历史。与陕甘宁产地一样，孟家原种桃历史悠久，但多为古老品种，且零星栽植，从未真正把种桃作为一种产业认真对待。20 世纪 80 年代，孟家原村凭借村办煤矿的收入，成为全市的明星村。但随着国家关于煤矿等资源开采整合的政策调整，随着粮食种植业效益的下滑，20 世纪

90 年代，孟家原村的经济发展一度遇到了瓶颈。如何调整产业结构，走出一条让群众增收致富的新路子，成了孟家原村"两委"班子的当务之急。"走出去、带回来"成了孟家原村踏出的第一步。通过外出学习考察，开阔了眼界，取到了"真经"。经过认真对比分析，村"两委"一班人想起了种桃这个古老产业，果断提出了发展以桃子为主的特色鲜干果种植的思路，喊出了"栽桃栽椒栽柿子，富村富民富日子"的响亮口号。时任村党支部书记颜开昌说："种桃在孟家原有着悠久的历史，而且孟家原地处桃子生产最佳纬度区，土壤含钾高，种出的桃子甜并且抗逆性强，较之苹果更具有商品价值。"发展初期，由于桃子不宜收、不宜储藏、不宜运输的弱点，大多群众并不看好，驻足观望。村"两委"研究，由村干部带头示范，以周边地区的成功例子做动员，免费将嫁接好的苗木发给群众种植。开始，群众只将桃树栽在空闲的土地上，然而出售时一斤桃一元多的效益，群众却看在眼里。渐渐地，村民由观望到认可，转而和村干部一起投身桃种植，至此，种桃这个产业，在孟家原村燃起了熊熊的火焰。

规模推进种"仙桃"

单丝不成线，独木难成林。没有种植规模，难谈规模效益。推进规模化种植，建立标准化管理体系，是孟家原村鲜桃产业发展的又一迈进。在种桃初期，孟家原村依然固守着"一家一户、各管各的"传统种桃模式，虽有规模，但果品质量参差不齐，并没有给群众带来太大的实惠，种桃户的利益也没有得到应有保障。经过外出学习考察，村"两委"提出了新的发展思路：一方面通过土地流转，让闲置的土地"活"起来，连片种植，进一步扩大桃园面积，实行统一规划、统一技术和无公害管理，目前全村桃园规模已发展到3000多亩；另一方面从提升农民组织化程度、提高抗风险能力出发，由种植大户挑头于2007年成立了全市第一家、全省第二家兴果合作社，并通过合作社出面对果品进行统一收购，统一包装，统一销售。经过近年来的实践，合作社对桃产业发展起到了十分重要的促进作用，也有力保障了种桃户利益。目前，孟家原村农民专业合作经济组织蓬勃发展，年销售收入1500多万元，带动农户近500户。颜书记这样说："土地流转是农业发展的助推器，它能让闲置的土地动起来；发展规模农业，进行标准化管理，既实现了效益最大化，又能让有能力的农户发挥才能，让留守的农民找到挣钱的门路，让社会资金更好地流向农村，真是一举几得的好事情。"

科技支撑育"仙桃"

传统产业靠经验，现代产业靠科技。颜书记自豪地说："我们这里的桃子有上百种之多，因为地理环境优越，西北农大的专家在我们这开展了上百种桃树的品比实验，其中以美国田间白桃、日本山根、陕西未央2号等种植较为广泛。"依托科技支撑提高桃的品质，是孟家原鲜桃能有如今规模的保证。在当时村书记颜开昌的积极邀请下，西北农大在这里建立了全省唯一的"种桃专家大院"，定期派专家在孟家原村开展种桃技术培训，长期驻村指导的专家就有5位。截至目前，西北农大与孟家原村的校村合作已达15年之久。通过先进的技术管理，不断引进新品种，改良原有品种，提升果品质量，村里桃树的品种不断增加。从初夏到仲秋，几乎每隔几天就有一个品种上市，使得孟家原村的桃产业始终走在行业前列。

品牌带动提"仙桃"

品质好是基础，好品牌是名片，稀有名贵品牌更是拓展市场的开路先锋。要使孟家原的桃子在市场上更具有竞争力，光有品质还不行，还必须有自己的品牌。从2002年开始，村书记颜开昌就亲自跑区进市上省，经过努力，2004年注册了"孟姜红"鲜桃商标。同时，积极实施品牌战略，严格按照无公害农产品、绿色食品、有机食品相关标准的要求，狠抓产品全程质量控制，推进相关认证工作，促进品牌形象提升和市场拓展，以高质量的果品赢得了市场认可；积极参加杨凌农高会，对"孟姜红"鲜桃进行展销，进一步提高果品的知名度。现在的"孟姜红"鲜桃已成为我省的知名商标，享誉省内外。颜书记说："目前'孟姜红'鲜桃正在积极申请驰名商标呢。"由于品牌效应，现在的桃子已由1998年的30元一箱24个，提高到普通礼盒装60元一盒10个，精品礼盒装128元6个。品牌战略的实施带动，不但使孟家原村的知名度大大提高，而且使孟家原村种桃户的收益大大增加。

产业升级促"仙桃"

一个篱笆三个桩，一个产业多业帮。产业发展讲求多业互补，错位发展。随着种桃产业的不断发展，孟家原人又在寻找新的经济增长点。首先，根据市场导向，主动调整产业格局。由"一果独大"格局，向"果、肉、蛋、奶"协调发展格局逐步转变，向发展有机农业、生态农业逐步转变。着力打造以果业为龙头的兴果合作社、以奶牛为龙头的正兴公司、以肉猪为主的晟禾公司等三大龙头企业，加快建设高标准有机"孟姜红"鲜桃栽培基地、新品种果树苗木基地、畜牧养殖基地、果品收储基地等与龙头企业配套的示范基地，从而实现"以果促畜、以畜养果、果畜互补"的循环生态农业发展模式。其次，大力发展桃文化，通过举办铜川市桃花艺术节，不断丰富桃产业的内容和内涵，不断扩大孟家原村和"孟姜红"鲜桃的知名度。再次，充分利用孟姜女故里的悠久传说，积极发展乡村旅游。颜书记说："孟姜女故里的规划已经完成，下一步打算将新型农村社区和现代农业科技示范园的规划与孟姜女故里规划结合起来，实现三个规划有机融合，打造一个可观、可游、可住的集休闲旅游、观光农业于一体的新农村。同时，还将依托这里优质的水资源，准备开发矿泉水呢。"

班子过硬保"仙桃"

火车跑得快，全凭车头带。如果坚强有力、与时俱进是孟家原村"两委"班子的真实写照，那么一心为公、不自满、不懈怠则是全村人对原村党支部书记颜开昌的真实评价。老颜经常说，村"两委"领导集体处于"班长"位置，村党支部书记是"领头羊"，是村上的当家人，这个位置非常重要，刮风你是一堵墙，下雨你是一把伞，逢山你开路，遇水你搭桥。在村上较为困难的时候，颜开昌选择担任村书记一职，一干就是20多年。他带领大家理思路、调结构，坚持与时俱进，抓住发展不放松，使孟家原村一步步进入良性发展轨道。多年来，村党支部始终坚持抓村级组织建设不放松，认真组织开展各项党建活动，不断提升党建水平，使村党支部建设和党员队伍建设得到全面加强；不断加强民主管理，推行民主理财，坚持每季度对村上的财务、村务、政务公开一次，接受广大群众监督；注重培养产业带头人，以发展农民专业合作社为依托，先后培养发展了 3 名产业带头人，有效促进了产业发展；坚持把政治思想强、致富能力强、带动能力强的"三强"能人选入班子，充分发挥了能人领富作用；实行村干部包组、党员包户，村"两委"成员一心一意为村上找门路、跑项目、谋发展，尽心竭力为群众办实事、办好事，形成了全村上下凝心聚力谋发展的良好局面。目前，全村党员干部中致富能人占到 60%，村组干部中致富能人达到 90%。这为推动产业发展，带动村民共同富裕奠定了坚实基础。

各方帮扶助"仙桃"

内力非常重要，外力不可或缺。（时任）村党支部书记颜开昌说："孟家原仙桃产业能有今天的大发展，村民能过上富裕的好日子，离不开党的强农惠农好政策，离不开各级政府项目资金的大力支持。"颜书记算了算，光今年孟家原的各项投资总额就达到 2000 万元。作为省级现代农业科技示范园区，省上投入 500 万元，市上投入 300 万元，区上投入 200 万元，市上延长一年再投 300 万元。农业综合开发项目 385 万元，市农发行贷款 269 万元等。随后老颜动情地说："孟家原鲜桃产业的发展，更离不开各级领导和帮扶单位的关心支持。他们为孟家原村的发展倾注了大量心血，是孟家原村民的贴心人和大恩人。"市委书记冯新柱从当年担任市长起，就把孟家原村作为"一村一品"联系点，坚持每年至少深入村上一次，调研指导。他强调要把桃产业做大做强，实行产业化发展、规模化经营，并多次协调解决仙桃产业发展中的困难和问题。原市委副书记张应龙从抓基层组织整顿算起，联系孟家原村已有9年之久，现在孟家原村是他的农村工作综合联系点。他坚持每年几次到村上，与干部群众一起研究村情、制订规划、确定措施。其中每年至少召开一次产业发展推进会，带领市级有关部门在村上现场办公，研究解决村上发展面临的突出问题。同时，孟家原村是王益区委书记的农村工作联系点。从20世纪90年代起，历任区委书记高度重视，采取"接力赛"的方式，一任接着一任帮扶，指导村上订规划、解难题、强举措，大力推进"仙桃"主导产业发展。除了市、区两级帮扶部门外，市政法委、市交警支队、市农发行、区委组织部等，每年都为村上办1至3件大事实事。这些"外力"通过巧给力，催生了内力，终于使孟家原村步入发展快车道。

（同政言，供职于铜川市级机关）

辑五

每个人都有自己的故乡。我们城市人的祖父、曾祖父，超不过三五代人，他们都有故乡，这个故乡就在种庄稼的乡村。故乡，是一个人生命或血缘的源头，无论物质的还是精神的河流，都离不开她乳汁的滋养。即使生命终结，其灵魂蒸发的水分也会溯源而上，去寻找永远的归宿。

——和谷

舞剧《孟姜女》文学剧本[①]

和 谷

[字幕：

剧情简介

孟姜女传说是中国古代四大民间爱情传奇之一，广为流传，堪称中华文化传统道德和爱情价值观的典范。史载，孟姜女是陕西同官县（今铜川市）孟家原人。她美丽善良，与范喜良结为夫妻，思念北上修筑长城的丈夫，千里送寒衣，却闻知丈夫血肉之躯已夯入边墙泥土中，悲痛欲绝竟哭倒长城，背负丈夫遗骸回归故里，惨烈殉情，幻化为灼灼桃花，2000多年一直不曾凋谢。

人物

孟姜女

范喜良

崽娃

二嫂

将军

小征夫

---

① 剧本作于2016年1月—3月南凹一三爻。

191

村姑、乡邻、兵马、征夫若干

主创主演

编剧　　　　和　谷（国家一级作家）

艺术指导　夏广兴（中国歌剧舞剧院一级编导）

总导演　　刘姬娜（陕西师范大学音乐学院一级编导）

编导

音乐

舞美

主演

出品　　　　陕西省铜川市王益区人民政府

序幕

〔幕启。边塞长城，旌旗猎猎。日，夜，晨。

〔字幕：歌词

　肃肃兔罝（jū），椓（zhēng）之丁丁。赳赳武夫，公侯干城。

——《诗经》

布下一张网，木桩叮当响。武士雄赳赳，盾牌与城墙。

〔群舞。交响乐，打击乐。

大秦帝国。

平时狩猎中搏虎驱豹之猛士，横扫六国，统一天下。

将军挥戈，车毂（gǔ）交错，箭矢纷坠，秦军兵马赴汤蹈火，击退犯边之游牧铁蹄，捍卫一统国家神圣疆域。

192

士兵盾牌在运动中挪移，化为城砖、石墙。

木桩铿锵作响，众征夫修筑边墙。

横亘的长城在延伸，固若金汤，巍然难摧。

［独舞。土风音乐，边人吹动筚篥（bì lì），其声由悲而凄美、清亮。

早春二月，长城墙缝隙中徐徐绽开一枝嫣红的水桃花，明丽诱人。

水桃花蜷曲、伸展，黄的花蕊，粉的花瓣，与春风互为问候，无限情意。

［群舞。乐声，唤醒周边树枝发芽、开花的声音，引来塞上春潮涌动，漫过辽阔天际。

一枝水桃花，引来千树万树桃花盛开，百花怒放，花海似锦。

草长莺飞，燕子驮着阳光北归。

春回关中。阡陌吐绿，男耕女织，一派生机盎然。

第一幕

第一场

［可遥望烽火台，渭北孟家原，窑院。清晨。

［字幕：大秦帝国晨光初露，渭北孟家原一片金黄，麦浪涌动。仙女孟姜女与众乡亲喜获丰收。范喜良、崑娃争相与孟姜女相好。

［群舞。音乐欢悦、热烈、欣喜、优美。

乡邻在各自错落有致的麦田上收割。

彼此吆喝、搭讪、嬉闹。

天上掉下个孟姜女，手执镰刀，被村姑们围拢。

［独舞。

孟姜女诉说自己从天上降到凡世，向往过上幸福生活。

与村姑们欢乐相拥，舞之蹈之。

〔组舞。碗碗腔，诙谐、快活。

朴素、伶俐、幽默的二嫂闻知天女下凡，与乡邻们一传十、十传百，男女老少纷至沓来。

人们探望，倾慕美貌和悦的孟姜女，祝福她过上好日子。

范喜良、崽娃扯来夺去，追逐，争相与孟姜女相好。

第二场

〔崖畔桃园。晌午。

〔字幕：崽娃殷勤摘桃，讨好孟姜女，不受，便欺负她，失手使她跌落崖谷；范喜良舍命救起孟姜女，背回家中。乡邻议论纷纷。

〔双人舞。山野笛声，如春水荡漾，情窦初开。

范喜良和孟姜女在桃林摘桃子，喜笑颜开，男欢女爱。

〔三人舞。打击乐，悬疑、惊险、剧烈。

崽娃踉跄奔来，满脸汗水，把一颗大桃子递给孟姜女。

孟姜女望一眼面有难色的范喜良，双手背后，拒不接受。

崽娃转而恼怒，拉扯欺负孟姜女，范喜良不依。

崽娃与范喜良言语不和，开打。

孟姜女劝和，被崽娃无意中推下了崖谷。

范喜良将崽娃打翻在地，崽娃吓得逃跑了。

范喜良舍命滑下崖谷，去救孟姜女。

〔双人舞。眉户，委婉、动情。

崖谷中，范喜良施救昏迷的孟姜女。

呼叫，哭泣，唤醒，搀扶，安慰。

范喜良背起孟姜女，走走歇歇，艰难前行，走在回家路上。

〔独舞。打击乐，滑稽、伤感。

沮丧的崽娃，远望着范喜良和孟姜女背影，痛哭流涕，捶胸顿足，悔恨万状。

〔群舞。打击乐，轻松、机敏、慵懒。

冬日，村头场院上，晒暖暖的村妇。

二嫂戏说孟姜女和范喜良、崽娃的三角恋，活灵活现，逗得村姑肚子疼。

村妇们有的嚼舌头，有的品头论足，有的打瞌睡。

风俗画似的，神情百态，不亦乐乎。

第三场

〔窑院。傍晚。

〔字幕：孟姜女与范喜良成婚，众小伙、村姑吟唱贺诗《桃夭》：

桃之夭夭，灼灼其华。之子于归，宜其室家。

翠格生生的桃枝，红格艳艳的花。

多好的女子嫁给你，死死活活是冤家。

〔洞房花烛夜。明快的唢呐声。音乐喜庆、欢乐，又如唱诗班的乐曲隽永、圣洁。

〔群舞。

孟姜女与范喜良举办婚礼，夫妻对拜，恩爱无比。

众吟唱贺诗《桃夭》，手舞足蹈。

闹洞房。

二嫂牵着一根系着桃子的红线上下移动，戏耍新郎新娘，让二人同吃，二人怎么也咬不着。

二人未雨绸缪，贴脸、碰头、贴胸、搂腰，背对背地作跷跷板状。

众人喧嚣起哄，其乐融融。

［双人舞。

孟姜女飞针走线，绣鸳鸯荷包。

范喜良手捧竹简，读诗吟唱。

新婚宴尔，同床共枕，缠绵悱恻。

［组舞。打击乐，滑稽、诙谐。

崽娃喝多了喜酒，恼羞成怒，借酒浇愁，打起醉拳。

一群青年男女笑话崽娃，与其调笑、逗乐。

众听洞房墙根，静默。

窃喜中突然爆笑成一片，前仰后合，摔倒一地。

第二幕

第四场

［窑院。黎明。

［字幕：好花不常开，温暖安宁的小日子骤然被打破，范喜良在新婚第二天辞别妻子，应征，北上边塞修筑长城，保家卫国。

歌词：翠格生生的桃枝，红格艳艳的花。多好的女子嫁给你，死死活活是冤家。

［双人舞。静谧中的鸡啼，突现打击乐，马蹄声碎，由远及近。

转入凄婉、伤感。

孟姜女为范喜良整理装束。相互叮嘱，难舍难分。

妻子从手腕上褪下一只银镯子，递给丈夫。

二人招手告别。

丈夫回转身来，与妻子又一次紧紧拥抱在一起。

恨别鸟惊心，几声鸟啼分外凄厉。

［群舞。

战马咴咴嘶鸣，将军威武，士兵凛然。

范喜良报到，入列。

将军为征夫训话，整肃待发。

将军挥戈，出征。

［组舞。

孟姜女跌跌撞撞追赶，二嫂上前拉住，安抚。

崽娃在一边有点同情，也幸灾乐祸似的调侃，作怪相。

二嫂庇护孟姜女，追打崽娃，飞起一脚，没有被踢着的崽娃收缩屁股，一路小跑离开了。

众乡邻远望征夫队伍离去，依依惜别。

复现唱诗《桃夭》。

第五场

［边塞长城工地。日，夜。

［字幕：歌词

肃肃兔罝，椓之丁丁。赳赳武夫，公侯干城。

——《诗经》

布下一张网，木桩叮当响。武士雄赳赳，盾牌与城墙。

〔群舞。夜化为清晨。边人吹筚篥，悲而凄美，迎来交响乐、打击乐、秦腔。

修筑长城的木桩叮当作响，夯歌阵阵吆喝，人拉肩扛，搬沙移石。

间歇，征夫传递干粮锅盔，旋转，掰开，大口咀嚼。

小征夫把锅盔馍当道具，玩起杂技来，又如提线木偶、皮影，滑稽幽默。

范喜良领衔三五个形似黑头的老征夫，嘶哑嗓子怒吼秦腔：布下一张网，木桩叮当响。武士雄赳赳，盾牌与城墙。

疲惫不堪的众征夫，因歌舞娱乐突然精神抖擞，击掌跺脚。

征夫众吼秦腔，塞上尘土飞扬。

〔字幕：范喜良为搭救小征夫受伤，思念妻子父母，梦回家乡。

〔双人舞。打击乐。烈日化为月夜，筚篥声声。

小征夫吃力地扛着木椽上梯子，踉跄着跌落下来。

范喜良上前搭救，被木椽砸伤腿脚。

范喜良和小征夫怅然望月，思念家乡。

〔独舞，双人舞。梦境。

范喜良梦回家乡，与妻子相亲相爱，水乳交融。

第三幕

第六场

〔窑院。夜。

〔字幕：孟姜女思念边关的丈夫，夜不成寐。崽娃趁机讨好，跳墙不轨，遭到孟姜女抵制，以死相逼。

〔独舞，双人舞，梦境。寂寥的月夜，鸡鸣。怪异的打击乐，如老虎磨牙。

孟姜女辗转反侧，望月思念边关的丈夫，起身纺线。

扯不断，理还乱。

困倦了，梦见丈夫在敲门，迎上前去，喜泣不已。

〔独舞，双人舞。

戴一副恶狼面具的人，轻手轻脚，上窜下跳，鬼鬼祟祟地翻过墙。

恶狼轻叩窗棂。

孟姜女从美梦中醒来，被月下的恶狼吓呆了。

崽娃摘下恶狼面具，哈哈大笑，转身推门。

孟姜女神情自若，前去开门。

门开了。迎面飞来一尿盆，接着抡起顶门杠猛烈击打。

崽娃诒笑躲闪，趁机强行搂抱孟姜女。

孟姜女连忙从怀里掏出一把闪光的剪刀，猛地刺向对方，崽娃躲闪。

孟姜女将剪刀掉头，对准自己脖颈，与之对峙，以死相逼。

崽娃磕头作揖，连连求饶，狼狈逃走。

〔村头场院。雨。

〔字幕：秋雨淅沥，孟姜女与二嫂和村姑们戴着草帽，穿着泥屐，串门聊天。

〔群舞。碗碗腔、阿宫调，交响乐，打击乐。

二嫂教孟姜女穿泥屐走路，摔倒又扶起，惹笑众村姑。

孟姜女、二嫂和村姑们戴着草帽，穿着泥屐，悠闲地串门走户。

众村姑七嘴八舌，品女红，说妆饰，议农事，道家常。

踢踏作响，腰肢扭动，风情万种。

［村溪边。午后。

［字幕：春去秋来已三载，孟姜女与二嫂和村姑们洗衣裳。

［双人舞，组舞。眉户，交响乐，打击乐。

孟姜女唤二嫂，一起走在村溪边。

二人打趣笑闹，好不快活。

与众村姑一起挥动棒槌，起起落落，嬉笑逗乐。

孟姜女与二嫂一对一拧衣物，晾晒，仰合伸缩腰肢，有谁恶作剧，闪得对方仰面摔倒，众哄笑。

棒槌飞舞，捣衣声脆。

［窑院。夜。

［字幕：寒风呼啸，孟姜女更加思念杳无音信的丈夫，决意北上边塞，千里送寒衣。

［独舞。初冬，凄凉的月夜，落叶缤纷。哀伤、思念之音。

孟姜女孤单一人，她更加思念杳无音信的丈夫。

她为丈夫缝补棉袄，肝肠寸断，决意北上边塞送去寒衣。

［塞外长城。夜。

［群舞。羌管悠悠，孤城、长烟、落日，北雁南飞。

霜满地，城砖石墙又化为一个个盾牌，长城巍然横亘。

将军白发，长叹归去无计。

征夫浊酒一杯，故园万里泪千行。

众将士，人不寐。

伤病交加、奄奄一息的范喜良怅然望月，在寒风中瑟瑟发抖，思念家中父母妻子，担心是否安好。

第七场

〔村口。北风吹，雪花飘。

〔字幕：孟姜女告别乡邻，孤身北上送寒衣，千里寻夫，路上备受磨难。

〔群舞。

孟姜女向二嫂及乡邻告别。

孟姜女孤身送寒衣上路。

崽娃尾随，躲闪，盯梢似的。

〔哭泉驿。雪晴。

〔独舞。

孟姜女饥寒交迫，倒在路边啃干粮，口渴无奈，接崖上滴水解渴。

上天感应，泉水涌出，不胜欢悦。

崽娃偷偷观望，惊奇。

〔山原窑洞。夜。

〔群舞。

孟姜女步履蹒跚，夜宿破窑洞。

几个土匪来袭，欺辱孟姜女。

崽娃又出现了，与之打斗，驱散了土匪。

孟姜女仍不理睬崽娃，二人分道而行。

〔牧羊帐篷。黄昏。

〔组舞。

孟姜女奔波于塞上草原，饥寒难耐，昏倒在了荒野中。

崽娃偷偷观望，欲上前。

牧羊女路过搭救。

帐篷中，孟姜女得到牧羊女父母呵护照料。

跪拜牧羊人一家救命之恩，辞行。

崽娃失意地眺望孟姜女远去的背影。

第八场

〔塞外长城。黄昏。

〔字幕：孟姜女历经苦难，终于看见了边墙，却闻知丈夫血肉
之躯已夯入长城泥土中，悲愤之极，竟哭倒长城一角，在白骨堆中
滴血认亲，发现定情物镯子。

〔独舞。交响乐。

孟姜女一路颠簸，衣衫褴褛，憔悴不堪。

她终于看见了夫君劳役的边墙，破涕为笑，晕倒了。

〔双人舞。梦境，幻化，慢镜头。

孟姜女眼前似乎出现了范喜良亲切的身影。

夫妻他乡重逢，诉说别后思念，伤感而欢欣。

夫君恍然从身边消失了。

〔组舞。

被范喜良搭救的小征夫赶来，扶起孟姜女，哑语似的示意，指
点范喜良已经死去，并被夯入城墙泥土中了。

孟姜女闻知噩耗，又昏死过去。

众征夫靠拢过来，围绕着孟姜女，一起伤悲，思念亲人。

小征夫给孟姜女喂水。

孟姜女苏醒，将所带寒衣分送征夫兄弟。

在一旁窃听的崽娃跑了过来，痛苦不已，真诚地劝导孟姜女。

［独舞。

孟姜女爬向边墙，喊天天不应，叫地地不灵。

［一声炸雷，惊天动地，闪电划破夜空，雨雪交加，覆盖了整个边塞。突然间，天昏地暗，山崩地裂。沙尘暴，龙卷风，犹如世界末日。

［独舞。交响乐。

孟姜女的哭号，感天地泣鬼神。

她扑向坍塌处露出的白骨堆，无奈而徒劳，疯了似的逐一辨认夫君的遗骸。

她咬破手指，滴血认亲。

她终于见鲜血融入一具骨骸，并发现丈夫出征时带走的银镯子，与自己手腕上的银镯子成双成对，便将遗骸紧紧抱在怀中。

她凄厉地呼唤夫君：喜良，跟我回家，回家，好吧！

［旷野天地间，反复回荡着两个字：回家回家回家回家……

［陕北民歌。清唱，沙哑、粗野、原始、抑扬顿挫，由隐及显，高八度，撕心裂肺。伴唱、流行、美声、合唱，汹涌澎湃，汪洋恣肆。

［字幕：歌词

一对对个鸳鸯那个水上漂，

人家哪个都说是咱们两个好。

你要是有那良心咱就一辈辈地好，

你没有那良心就叫鸦鹊鹊掏。

〔阳光与雾霭交织，沙海突现海市蜃楼、天堂人间，亦真亦幻，无比美妙。

〔双人舞。幻觉。

孟姜女与范喜良相依相傍，牵手奔跑于塞上沙漠。

二人在沙海中漫步，徘徊，相拥，激吻。

抵足而眠。

〔金锁关。风雪弥漫。

〔字幕：行至金锁关，崽娃为庇护孟姜女，拦截追兵，被乱箭射杀。

〔组舞。打击乐，金戈铁马。

孟姜女行至关隘，被守兵阻拦。

身后，追兵呼啸而来。

崽娃突然出现，同情庇护孟姜女，转身贸然拦截追兵。

孟姜女猛然回望。

崽娃被乱箭射杀，跌落山崖。

孟姜女悲痛欲绝，趁机逃走。

尾声

〔字幕：孟姜女背负夫君遗骸返回故里，身心枯竭，殉情于同官县北漆水边金山石崖下。灵魂幻化为烂漫的桃花，2000多年一直不曾凋谢。

歌词：桃之夭夭，灼灼其华。之子于归，宜其室家。

——《诗经》

翠格生生的桃枝，红格艳艳的花。

多好的女子嫁给你，死死活活是冤家。

［漆水边，石崖下。晨。

［背景视频复现夫妻二人恩爱精彩画面，往事如烟。

［独舞，双人舞。时而实景，时而幻觉。音乐凄婉、清丽、绵长，悲欣交集，令人心碎。

孟姜女背负夫君，风霜雨雪，衣衫褴褛，艰难跚蹒，行至故里漆水边金山石崖下。

夫君范喜良实在不忍，转身背起妻子，一边奔跑，一边逗趣。

跌倒，又爬起来，相搀、相扶甚至匍匐前行。

复现二人婚礼，夫妻互拜。

断肠人在天涯。她身心枯竭，殉情于石窟中，撒手人寰。

孟姜女与范喜良双双牵手，坦然自若，慢动作步入云蒸霞蔚的温柔之乡。

天堂接纳了这一对生死恋人、患难夫妻。

［孟家原。漫山遍野桃花盛开，宛若天边云霓。音乐热烈、奔放、舒展、欢悦。

［独舞。

孟姜女美丽善良的身影，幻化为灼灼桃花，融入层林尽染的桃园深处。

［群舞。交响乐，跌宕、热烈、悠远、清丽。

二嫂、村姑及乡邻们拥簇着，远眺桃花林，与仙女似的孟姜女依依惜别。

咏唱《诗经》之《桃夭》：

桃之夭夭，灼灼其华。之子于归，宜其室家。

翠格生生的桃枝，红格艳艳的花。

多好的女子嫁给你，死死活活是冤家。

一年一度春风暖，桃花烂漫，诗情画意，换了人间。

2000多年过去，美丽乡村的后人们深情怀念先人孟姜女。

她若隐若现，在桃林深处的朝霞中向故园的亲人们招手致意。

［定格。

［幕闭。

文学与故乡[①]

和　谷

每个人都有自己的故乡。我们城市人的祖父、曾祖父，超不过三五代人，他们都有故乡，这个故乡就在种庄稼的乡村。

中国是一个农业社会，从农耕文明到工业文明再到现在的城市化，也就是上百年时间。在座的乡党作家都是我们王益区人，一部分人是王益的土著，所谓"土著"就叫"此地人"，可能有一大部分人就是我们老家所说的"客伙人"，河南的占大多数，也有其他地方的，因为铜川是一个移民城市。

在忽必烈时代，我们姓和的人属于西羌，前秦、后秦包括大香

---

① 原载于陕西作家网，节选2016年3月13日和谷在铜川王益区作协的演讲，由刘昭整理。

山建造者都是西羌人，后来在长安建立西羌人的国都。西羌人就是从西部来的。我在《先人的故事》一文中，已经远溯到这一段遥远的历史。为什么叫羌族，羌就是"美"字有一个勾，它是羊字头，就是放羊的。我有时候会产生一种奇异的联想，我说它就是一个"美"字，少了一横这么一拐，就是一个放羊的鞭子。我的祖先从一个放羊人、从游牧的草原文明进入农耕社会，具体落脚到了咱们脚下的这一块土地上。

近100年来，从同官到铜川，这里的陶瓷业有了巨大的发展，在唐代是官窑，宋元明清以后沦落为民窑。民国以前，在铁路还没有修入铜川的时候，陈炉镇沿着石马山梁到耀州，到西安，它是条骡马大道。这里的川道有狼群，人们去老县城的时候，都是走宜古村、高坪原上，翻两个山原过去，而不走荒僻的川道。到了20世纪三四十年代，铁路修到了铜川，叫咸铜支线。过去慈禧太后掌控的晚清政府无能，认为大清是天下第一，它可以和八国联军宣战，和美利坚宣战，和德意志宣战。它开始反对修铁路，因为铁路一进来，把所谓脉气冲了。但也就是在这种世界共同体的情势下，晚清江河日下，一夜间崩溃了。慈禧太后逃到西安，沉痛的教训让她清醒了，她愿意修铁路，修到皇宫门口，因为西安救过她的命，陇海线她画了一个钩，就开始修了，就修到我们老家的门口。因为我们这里有煤炭资源，从20世纪30年代之前就开始挖掘了。

在乡下，我们家门口那道沟叫新井沟，那个炭窠叫上鸡窝、下鸡窝，其实在明代已经开采煤矿了。后来铁路修进来，整个成了现代化的开采。随着20世纪三四十年代黄河花园口产生的河南难民，沿着铁路线像蚂蚁一样爬到了陕西的宝鸡、咸阳，爬到了我们老家的山沟里面求生存，有一种非常顽强的生存能力。这和我们土著是不一样的，因为土著认为这一块地是我们家的，这棵柿子树是我们先人留下的，这个沟是我们家的地盘，都是老先人给我们置下的。但是他们没有，只能在山上挖个洞住下，慢慢地，你看现在沟边上，这里搭个房房，那里搭个棚棚，一路唱着豫剧下井挖煤，成了新中国的煤炭建设者。就那么从三四十年代之后，陆陆续续把中原大地上的那些亲戚都迁徙到这儿来了，所以这个城市的官话是河南话。我在水泥厂当过矿山工，工友都操一口河南话。我们此地人也学着说河南话，河南人成了这个城市的主人。最早的时候是江西人，陈炉镇往前追溯七八代有不少江西人，因为当时陶瓷业的技能在国内有交流，自然就产生了姻缘，所以故乡是多地域混血的这么一个地方。

我在《人民日报》上发过一篇文章——《故土人脉》，过去的主人是游牧民族，后来成了农耕民族，再后来成了像陶瓷这样的民间手工艺匠人，再后来成了煤炭工人，成了现代工业能源基地。到了现在，我原来所在的水泥厂已经是浙江人经营当老板，国营厂归民营了，这里经过招商，成了一个容纳五湖四海人的时兴城市。我们这个地方不像其他地方，它是城市，建市的历史仅次于西安，农村人口很少，但人的文明素质和文化背景是高的。铜川有过很出名的歌舞团，为什么你能在央视《星光大道》上见到铜川人，那也就是她的爷爷在这里当过煤炭工人，一代一代通过血液和家风的遗传产生了优秀的人才。包括作家也是一样的，铜川土著作家并不多，客伙人的作家不少。因为他们的文化根脉多元，黄卫平是江苏人，在座的赵建铜一口河南腔，秦凤岗说的是陇原话。当然此地人对客伙人有些偏见，但是慢慢也产生了联姻，到了儿子孙子辈，你说他是河南人还是铜川人？铜川出去的人很多，我见到陕文投影视老总，姓孙，他说他是铜川人，我问铜川哪里人，他说，我是在焦坪矿长大的，在一中读过书。我说，你现在都是陕文投的影视老总啊，老家人都不知道你啊，你回去都不和这些人交往？他说，我回去就是和我的同学见见，连街道办事处的官方人都不认识。我说，这就是社会文化资源的流失了，我们真正把这些资源整合起来，为了故乡的好做一些有益的事情，不是很有价值吗？

省上某一个厅的总会计师，喜欢写散文杂文，他找我谈文学，说他是孟家原人。回到老家，我一问村上人，他们说可能是谁谁家的老几，那一阵儿穷得都没裤子穿什么的，他出去还弄那么大的事呀！我说，你和他接触一下，让他给故乡办点好事，把村路给修好。不爱故乡的人，还谈得上爱国？就像我现在回到老家，我可能把人家叫爷叫叔呢。人家喊叫我，蛮儿你回来啦。区长到我那里去了，说了两个多小时话，村民组长没见人。第二天问我，蛮儿，区长到你那儿来啦？没来吧。我说来了，咋不见你呢？村民小组是政府的末端干部，但他有农民的自尊，或者说是狭隘的意识。我给我妈说，这是区长，比过去的县太爷都大，跑咱屋里来了。也是，哪怕是唐朝的贺知章回去了，小孩子都会说，这老汉寻谁呢？你是哪里的？对吧。你做的事再大，你回到老家该是孙子还是孙子。所以我回到老家。哪怕见到一个潦倒的老汉，也得爷爷、大大叫着，把烟递上。哦，娃回来了！所以说，故乡是伟大的！

我们搞文学，什么是乡土文学，应该说故乡是永恒的题材。我近来在写央视文献片《东方帝王谷》唐代部分，我们在上海和易中天讨论，涉及一个话题。皇帝死了以后，他有帝陵，周王陵、秦王陵、汉王陵、唐王陵。秦陵在临潼东边一带，汉陵在泾渭三角洲一带，唐陵在整个靠北边的山脉一字排开，从礼泉到蒲城的高处依山为陵。皇帝死了会被埋到帝陵，像贺知章这样有名的人，他死了如果不回到老家，尸骨不归老家，落叶不归根，说句不好听的，那就是孤魂野鬼、四处飘荡。俄国作家蒲宁说过"在自己的老家生老病死"的话，我是欣赏的，尽管也欣赏米兰·昆德拉"生活在别处"的人生哲学。土地是永恒的，自然是永恒的。人像庄稼一样，像草一样，经历春夏秋冬后就没了。老年人讲，一棵蒿草一折就断，但是它立在那里，有时候一立就是几十年，立起来，不断地长，蒿秆立在悬崖上，就那么几十年过去。人呢，大不了百年，20岁、30岁、40岁、50岁逝去的人不少，所以过去人过50岁都是老汉了，黄土埋到脖子上了。"人生七十古来稀"，80岁也有，但是80岁的人周围亲人好多都死了，像我64岁，我身边多少同龄人，我们村的同学一查七八个都死了，还别说我年龄以上的人。

我婆（奶奶）活着的时候，我带贾平凹到我家住过，贾平凹回去写了《一个老女人的故事》，他就把我奶奶讲的这种农民的生命哲学用了进去。我每次回去看见我婆坐在土坡上，我就问：婆，你坐在这里弄啥呢？她说，我等你回来呢！我说你知道我啥时候回来呢，你等我？她说，唉，跟我一样岁数的人，都到另外一个世界去了，现在满世界转来转去的这些人我都不认识。所以贾平凹在他的诗里面说，她活在死人与活人之间。十年来，老家熟悉的老人慢慢都埋在自家的土地里了。我出去四十年了，看见的一些人，四五十岁的甚至当了奶奶的那些人，我都不认识，因为我出去的时候她们才娶进门。我回去坐"村村通"的车，车上坐一个大小伙子，他问，你得是那和谷？我说是。我问，你是谁啊？他说他叫啥啥。我说，我不认识你，你大叫啥？他说叫啥啥。我说，你大我也不认识。我说我出去的时候，你大还没出世呢。我说，你爷叫个啥，他说，我爷是狗娃或牛娃。我说，哦，你爷我还记得。哎呀，这个世事真快，我有时候就在感叹，人的生命非常短暂，白驹过隙。与故乡的这一种情感，是与生俱来的，也是递进的、升华的。我早年写了《故乡的柿子》等，20岁的时候写故乡是一种情感方式，40岁的时候写又是一种情感样态，我在海南远离故乡的时候又是另一种情感色调，到了60岁回归故里，写的时候又是另一种精神处境。同样的题材，面对的是同样的一个破窑洞、一棵老槐树，但是随着一个人生活的阅历，随着他的知识的积累，那么他在文学上应该像什么，开始是水，慢慢地酿造成酒，甚至到后来是酒精，划根火柴，一点就着。

为什么人活着要从事文学，可能最早的时候是我们自己的喜爱，也许是一种遗传。从小的时候，我爷识那么几个字，他崇尚王老九，他不知道李白，却知道王羲之，懂得王老九那种快板的押韵，放羊时编顺口溜：放羊这事没人干，衣服挂扯鞋跑烂，羊生尿蛆细细看，中午加班把圈垫，谢谢恩人把我换。这是真正的文学，是民间文学，比那些孤芳自赏的咿咿呀呀的所谓诗好多了。因为它和他的生存、他的血液、他的喜怒哀乐紧紧连在一起，所以我永远说文学在民间，智慧人在民间。欲知朝中事，先问故乡人。所以我小时候受到爷爷的影响。我外爷是个伞头，我小时候见到他，那秧歌扭得真是威风。我四五十岁时找见了咱们市文联的主席，他是搞

211

音乐的，给我外爷录过音，后来我整理了一下，就叫作《铜川民歌五首》，都是世世代代口口相传的民谣，反映了真实的生活与民间的爱情，所歌唱的生活情景真的像《诗经》那样，一边生活，一边又很艺术地歌唱生活。最快乐的是什么？就是这些歌唱生活的俗人。就像城里捡垃圾的人，男的在前面拉，女的在后面推，纸板堆上面坐一个小孩，这就是幸福。你不要瞧不起他，其实你自己有房贷车贷，看着活得冠冕堂皇，回到家吃的方便面，省下钱来就是为了买个车，甚至买个十几万的车还要把它装修成豪车的样子，不虚伪吗？是给别人活的。这是一种什么人生价值，我真的怀疑。

刘邦是一个亭长，他是农民领袖，建立了大汉王朝。中国的历史惊人的相似，你看看《易中天中华史》，它不是教科书，不是照本宣科，每个人都在解读历史，就像我们写文章不断反复解读故乡，我们要找见规律找见闪光点，有所发现，不是只关注一个小圈子的话题，应该是世界共同体的大视野，关照整个人类宇宙，这样你才知道你生活在什么地方，怎么样生活的，怎么样生活才有意义。中国的历史，尧舜不说，周朝是礼乐社会，周王是一个联邦的天子。之后春秋战国整个打了几百年，你打我我打你，死人，消耗国家所有的生产力，破坏其生产关系，之后有了秦，这样一个虎狼之国把六国都吃了。我曾和山东作家聊天，他说你们秦国就是一个暴力嘛！我说人都讲道理，讲不过的时候最后就是武力，现在的世界局势不就是这样吗？价值观不同，讲理解决不了问题就开打。各人有各人的话语系统，农村人为什么常打架，有时候道理讲不过你，我就打你。普希金的诗写得那么好，为了一个情人决斗，不是你死就是我活。现在的人性萎缩了，很少见过哪一个男人为了所爱的美女和人出去撂一跤。当然得讲法治，讲文明，有话好好说，不是提倡暴力。我说的意思是，不论血管里流的是血还是水，得有血性。所以说秦其实是汉的"试验品"，为整个汉朝拉开了中央集权的序幕。刘邦也是秦的一个亭长嘛，让你修皇陵，你赶不到就把你头割了，所以他只好造反了。战争往往在一夜之间就爆发了，一个士兵走火了，也许一个王朝就灭了。上午我和刘平安还在聊，现在世界还有成千上万的叙利亚难民。你小孩就冲到海滩上去了，还能顾上什么，家里的摆设都没用了，赶紧换成钱塞进口袋里，去买逃亡的船票了，什么都不值钱了，只有生存。所以我们为什么要珍惜一个稳定的社会，所以每一个人都应该有个人的生存意识，拥有民族精神、中国精神，这才是大境界。你如果不赡养老人，不讲孝道，那你还算是个人吗？祖祖辈辈相似，历史也惊人地相似。后来整个魏晋南北朝天下大乱，从乱到治，产生了隋朝，隋朝也和秦朝一样是短命的，但它是伟大的，为大唐奠定了基础。宋元明清，宋是汉族人建立的，明是汉族人建立的，元、清是少数民族建立的政权，马背上的民族征服了中原，清的衰败导致其灭亡。辛亥革命100年，现在应该是鼎盛时期，但现在还有好多的社会问题。这是值得我们思考的。

我们在座的每一个从事文学创作的人，要从故乡出发，因为文学是没有国界的，你要是写出好的作品，那不是一般的个人小情感，要渗透一些中国文化的根脉，应该是一些大意识。我们小时候在乡下，物质匮乏，生活很苦，都想逃离故乡，向往远方。但到最后，不管是人回来了还是意识回来了，都在慢慢地往回看。20多岁的人都嫌弃故乡，豪情万丈，都向往城市。中年人只顾及自己的当下，不抬头看天，一过四五十岁就开始怀旧，这时候就说明你慢慢老了。老是人的一种生理现象，说明你青春不再，但也说明一种成熟。就像搞书法一样，人书俱老，读的书多了，经的世面多了，那些花言巧语华丽辞藻没有了，那是开始写作文时抄的一些词语，朝霞、晚霞、月光如水，现在你罗列这些东西有什么用？你现在在哪里？你的处境，你对这个社会的理解，你的父母你的孩子你的情感世界，你对这个世界的认知是什么，必须能够在你的文章里面看到，看不到那就是你自己随便玩玩而已，没什么价值可言。我近几年在《人民日报》发表了20多篇散文，写过耕读传家一类文字，讲科举制，讲"学而优则仕"，讲当下乡村知识分子的尴尬命运。我想到我的老家是从游牧民族到农耕民族，农民整天种地，人家出个当官的，出个教书先生，就受人尊重。几百年来，我相信我们的祖先都是崇尚读书人的，这个是从《诗经》开始，从春秋战国开始，从孔子开始，拥有这么一种意识，是渗透在农民血液中的，都希望自己的孩子有文化。有文化是什么，是你知道自己待的这个世界外面还有一个更广阔的世界，我们不是井底之蛙，我们从井底跳上来以后一看，原来世界这么大！同时会改变生存命运。为什么城里人的祖先都是乡下人？第一代进城在那里立足；第二代有他爸爸的房子，有了人脉；第三代他爷爷就是城里人，这就慢慢生长起来了。毕竟，城市是文明的产物。而乡愁，总是永恒的。

一辈子读不了多少本书，你不读书能写什么书，笑话。我也玩微信，不去看那些晒凉皮一类的信息，但真会在微信里发现好东西。我今天一早起来看到一篇文章，讲世界局势，讲朝核讲南海讲叙利亚讲中美军事，你我不是国防部长，但我们作为公民、平民，脑子里得装这些东西，丰富自己的心灵世界。两耳不闻窗外事、一心只读圣贤书的人，能写出什么对读者有益的东西？我们要牵挂时下的麦子返青了没有、乡村幼儿园建好了没有，又对太空人感兴趣……才能有宽广的精神处境和丰饶的思想。不然每天就揣摩那一点点孤芳自赏的小事，写不好作品。当然文学不是每一个人都当作协主席、得茅奖，首先它是安慰自己灵魂的东西。读书的时候是人生最幸福的时候，你和作者能够产生一种超越时空的情感交流，这阵子你不考虑挣钱吃馍或欠债，这个时候是最好的时光。人为什么要读书，通过读书丰富你的知识，知道你的存在，能写就写一写，首先安慰自己，然后是教益于世人。我《归园》一书里的大部分东西，本来也不想着发表，一辈子的爱好，突然有些感触我就记下来，聊以自慰。后来在西安开会时邂逅《人民日报》编辑，说和老师如有新作给一篇，我说我在乡下种苞谷呢，他说就把种苞谷的事写一点儿，我整理了一下寄去，连发了几篇，他说这就是沾着泥土的最好的散文。

我们整天提倡作家深入生活，这不是一般的深入和采风啊，你到乡下见到每一块土地、每一片草叶、每一朵花，见到每一个人，情感渗透进了你的灵魂，那是全方位地融入生活，你写的东西肯定不错。

一句话，独善其身，兼济天下，做一个有益于社会的文学写作者，以此共勉。谢谢。

后　记

　　黄堡镇孟家原村梁峁交错，沟壑幽深，土地肥沃，果木葱茏。生于斯、长于斯的村民，在这片热土上辛勤耕作、治家置业，改变了昔日贫瘠的面貌。尤其是进入新世纪，孟家原人因地制宜，种植鲜桃，形成特色，富了农家，美了村庄，先后荣获国家级"民主法治示范村"、省级"文明村"和市级"小康示范村"，成为远近闻名的民宅宽敞、道路油化、村容整洁、饮水安全、医疗方便、沼气入户的新农村。

　　孟家原村，历史悠久，人杰地灵，世代流传着孟姜女的故事，村里的古庙、古宅和沟壑台原，默默地述说着孟姜女的故事。在村民的心目中，孟姜女是古代勇敢善良妇女的化身，是恪守忠贞爱情的女神，更是家乡人的骄傲！有如此丰厚的文化底蕴的滋润，孟家原村民风淳朴，秉承祖训，传承美德，留下了许多值得记忆、回味的故事。基于此，我以为编写《故里记忆》一书正逢其时，意义非凡。一是让走进孟家原的游客在了解孟姜女传奇故事的同时，也分享村民的丰富情感；二是以此激励孟家原人在建设美好家园的同时，讲好孟姜女的故事，留住记忆，延续乡愁。

　　和谷先生作为《孟姜女故里》丛书的主编，统筹规划了本书的编写体系，并提供了自己书写故里人和事的佳作，还组织刘平安、李芳琴、和小军等人撰写故里的人和事，为本书增色不少。

编辑此书，也离不开孟家原村民的大力支持，赵九菊书记、史建荣主任除自己提供稿件外，还主动约请村民撰稿，用实实在在的行动支持本书编写工作；76岁的市政协原副主席石正民应约撰稿，还与兄弟们一起为故里开发建设捐款，"以圆孟家原村富裕图强的美好梦想"，着实令人感动；石富善、石宏印、石勇强、韩生荣等在外工作的孟家原籍人士热爱家乡，关心家乡的文化事业，踊跃赐稿；此外还有赵建铜、梁秀侠、梁亚谋、李月芳、高转屏、邵桂香等人应邀撰稿。正是由于大家的无私帮助，才使得本书在较短的时间里编就。在此，我对上述诸位的热心帮助表示诚挚感谢！

限于篇幅，本书只是撷取了故里的一枝"桃花"，难免挂一漏万，不妥之处，请批评指正。

王赵民

2016年3月